Dieses Taschenbuch enthält – in englisch-deutschem Paralleldruck – elf allerbeste Geschichten von O. Henry (1862–1910), dem großen amerikanischen Geschichtenerzähler. Lustige und traurige, ja, man darf hier schon mal altmodisch sagen: welche zum Lachen und welche zum Weinen. Einige sind ganz und gar nicht aufklärerisch, sondern so richtige vormoderne Traumfabrikate: O. Henry wollte den Kleinen Leuten von New York gefallen, wollte ihnen wohltun. Aber manchmal schlägt er durchaus gesellschaftskritische Töne an. Und immer – fast immer – ist sein menschenfreundliches Lächeln zu spüren...

dtv zweisprachig · Edition Langewiesche-Brandt

O. HENRY

CLASSICAL STORIES

MEISTERERZÄHLUNGEN

Übersetzungen von
Theo Schumacher, Angela Uthe-Spencker und Andreas Nohl

dtv

Deutscher Taschenbuch Verlag

Deutscher Taschenbuch Verlag GmbH & Co. KG, München
Juli 1987
Rechte von «Welchen Weg man einschlägt» beim dtv,
von den übrigen bei Langewiesche-Brandt
Umschlagentwurf: Celestino Piatti
Gesamtherstellung: Kösel, Kempten
ISBN 3-423-09240-8. Printed in Germany

A guard came to the prison shoe-shop, where Jimmy Valentine was assiduously stitching uppers, and escorted him to the front office. There the warden handed Jimmy his pardon, which had been signed that morning by the governor. Jimmy took it in a tired kind of way. He had served nearly ten months of a four-year sentence. He had expected to stay only about three months, at the longest. When a man with as many friends on the outside as Jimmy Valentine had is received in the "stir" it is hardly worth while to cut his hair.

"Now, Valentine," said the warden, "you'll go out in the morning. Brace up, and make a man of yourself. You're not a bad fellow at heart. Stop cracking safes, and live straight."

"Me?" said Jimmy, in surprise. "Why, I never cracked a safe in my life."

"Oh, no," laughed the warden. "Of course not. Let's see, now. How was it you happened to get sent up on that Springfield job? Was it because you wouldn't prove an alibi for fear of compromising somebody in extremely high-toned society? Or was it simply a case of a mean old jury that had it in for you? It's always one or the other with you innocent victims."

"Me?" said Jimmy, still blankly virtuous. "Why, warden, I never was in Springfield in my life!"

"Take him back, Cronin," smiled the warden, "and fix him up with outgoing clothes. Unlock him at seven in the morning, and let him come to the bull-pen. Better think over my advice, Valentine."

At a quarter past seven on the next morning Jimmy stood in the warden's outer office. He had on a suit of the villainously fitting, ready-made clothes and a pair of the stiff, squeaky shoes that the state furnishes to its discharged compulsory guests.

Eine wirkliche Läuterung

Ein Wärter kam in die Gefängnisschusterei, wo Jimmy Valentine fleißig Oberleder steppte, und führte ihn zum Hauptbüro. Dort händigte der Gefängnisdirektor Jimmy seine Begnadigung aus, die am Morgen vom Gouverneur unterzeichnet worden war. Jimmy nahm sie mit einer müden Geste entgegen. Er hatte fast zehn Monate von den vier Jahren verbüßt, zu denen er verurteilt worden war. Er hatte damit gerechnet, höchstens drei Monate absitzen zu müssen. Wenn ein Mann ins Kittchen kommt, der draußen so viele Freunde hat wie Jimmy Valentine, dann lohnt es sich kaum, ihm die Haare zu schneiden.

«Nun, Valentine», sagte der Direktor, «morgen früh verlassen Sie uns. Reißen Sie sich zusammen und werden Sie ein ordentlicher Mensch. Im Grunde sind Sie kein schlechter Kerl. Knacken Sie keine Geldschränke mehr! Leben Sie ehrlich!»

«Ich?» fragte Jimmy erstaunt. «Wieso, ich habe in meinem Leben noch keinen Geldschrank geknackt.»

«O nein», lachte der Direktor. «Natürlich nicht. Denken wir mal nach! Wie kam es, daß man Sie wegen der Geschichte in Springfield eingelocht hat? Etwa deshalb, weil Sie aus Angst, jemand aus den höchsten Kreisen zu kompromittieren, kein Alibi erbringen wollten? Oder war ganz einfach das bitterböse Schwurgericht daran schuld, das auf Sie schlecht zu sprechen war? Es ist doch immer das eine oder das andere bei euch unschuldigen Opfern.»

«Ich?» sagte Jimmy, noch immer die Tugend selbst. «Wieso, Herr Direktor, ich war überhaupt noch nie in Springfield!»

«Führen Sie ihn zurück, Cronin», sagte der Direktor lächelnd, «und verpassen Sie ihm einen Entlassungsanzug! Morgen früh um sieben Uhr sperren Sie seine Zelle auf und bringen ihn zur Personalstelle. Und Sie, Valentine, sollten sich meinen Rat durch den Kopf gehen lassen.»

Am nächsten Morgen um Viertel nach sieben stand Jimmy im Entlassungsbüro. Er trug einen jener verheerend sitzenden Konfektionsanzüge und ein Paar der steifen, knarzenden Schuhe, die der Staat seinen unfreiwilligen Gästen bei ihrer Entlassung mitgibt.

The clerk handed him a railroad ticket and the five-dollar bill with which the law expected him to rehabilitate himself into good citizenship and prosperity. The warden gave him a cigar, and shook hands. Valentine, 9762, was chronicled on the books "Pardoned by Governor," and Mr. James Valentine walked out into the sunshine.

Disregarding the song of the birds, the waving green trees, and the smell of the flowers, Jimmy headed straight for a restaurant. There he tasted the first sweet joys of liberty in the shape of a broiled chicken and a bottle of white wine – followed by a cigar a grade better than the one the warden had given him. From there he proceeded leisurely to the depot. He tossed a quarter into the hat of a blind man sitting by the door, and boarded his train. Three hours set him down in a little town near the state line. He went to the café of one Mike Dolan and shook hands with Mike, who was alone behind the bar.

"Sorry we couldn't make it sooner, Jimmy, me boy," said Mike. "But we had that protest from Springfield to buck against, and the governor nearly balked. Feeling all right?"

"Fine," said Jimmy. "Got my key?"

He got his key and went upstairs, unlocking the door of a room at the rear. Everything was just as he had left it. There on the floor was still Ben Price's collar-button that had been torn from that eminent detective's shirt-band when they had overpowered Jimmy to arrest him.

Pulling out from the wall a folding-bed, Jimmy slid back a panel in the wall and dragged out a dust-covered suit-case. He opened this and gazed fondly at the finest set of burglar's tools in the East. It was a complete set, made of specially tempered steel, the latest designs in drills, punches, braces and bits, jimmies, clamps, and augers, with two or three novelties invented by Jimmy himself, in which he

Der Buchhalter überreichte ihm eine Eisenbahnfahrkarte und einen Fünfdollarschein, der ihm nach Ansicht des Gesetzes wieder zu Bürgersinn und Wohlstand verhelfen sollte. Der Direktor gab ihm eine Zigarre und schüttelte ihm die Hand. Valentine, Nr. 9762, bekam in den Büchern den Vermerk «Vom Gouverneur begnadigt», und Herr James Valentine trat hinaus in den Sonnenschein.

Ohne die singenden Vögel, die sich sanft wiegenden grünen Bäume und die duftenden Blumen zu beachten, steuerte Jimmy geradewegs auf ein Wirtshaus zu. Dort kostete er die ersten Genüsse der Freiheit in Form eines Brathuhnes und einer Flasche Weißwein, und darauf folgte eine Zigarre, die eine ganze Klasse besser war als die vom Gefängnisdirektor. Von hier aus spazierte er gemütlich zum Bahnhof. Er warf einen Vierteldollar in den Hut eines Blinden, der neben dem Eingang saß, und bestieg seinen Zug. Nach dreistündiger Fahrt stieg er in einer kleinen Stadt kurz vor der Staatsgrenze aus. Er ging in das Café eines gewissen Mike Dolan und schüttelte Mike, der allein hinter der Theke stand, die Hand.

«Wir konnten es leider nicht schneller schaffen, Jimmy, mein Junge», sagte Mike. «Wir mußten uns noch mit einem Einspruch aus Springfield rumschlagen, und der Gouverneur hätte beinahe Zicken gemacht. Geht's dir gut?»

«Prima», sagte Jimmy. «Hast du meinen Schlüssel?»

Er bekam seinen Schlüssel, ging nach oben und schloß die Tür zu einem rückwärtigen Zimmer auf. Alles war genau so, wie er es verlassen hatte. Auf dem Boden lag noch immer der Kragenknopf von Ben Price, der jenem berühmten Kriminalbeamten vom Hemd gerissen worden war, als sie Jimmy bei seiner Festnahme überwältigten.

Jimmy zog ein Klappbett aus der Wand, schob ein Stück der Wandtäfelung zurück und zerrte einen staubbedeckten Koffer heraus. Er öffnete ihn und betrachtete mit zärtlichen Blicken den schönsten Satz von Einbrecherwerkzeugen, den es im ganzen Osten gab. Es war ein vollständiger Satz aus speziell gehärtetem Stahl, mit den neuesten Modellen von Bohrern, Locheisen, Bohrwinden, Stemmeisen, Zwingen und Holzbohrern, darunter auch zwei oder drei Neuheiten, die Jimmy selbst

took pride. Over nine hundred dollars they had cost him to have made at –, a place where they make such things for the profession.

In half an hour Jimmy went downstairs and through the café. He was now dressed in tasteful and well-fitting clothes, and carried his dusted and cleaned suit-case in his hand.

"Got anything on?" asked Mike Dolan, genially.

"Me?" said Jimmy, in a puzzled tone. "I don't understand. I'm representing the New York Amalgamated Short Snap Biscuit Cracker and Frazzled Wheat Company."

This statement delighted Mike to such an extent that Jimmy had to take a seltzer-and-milk on the spot. He never touched "hard" drinks.

A week after the release of Valentine, 9762, there was a neat job of safe-burglary done in Richmond, Indiana, with no clue to the author. A scant eight hundred dollars was all that was secured. Two weeks after that a patented, improved, burglar-proof safe in Logansport was opened like a cheese to the tune of fifteen hundred dollars, currency; securities and silver untouched. That began to interest the rogue-catchers. Then an old-fashioned bank-safe in Jefferson City became active and threw out of its crater an eruption of bank-notes amounting to five thousand dollars. The losses were now high enough to bring the matter up into Ben Price's class of work. By comparing notes, a remarkable similarity in the methods of the burglaries was noticed. Ben Price investigated the scenes of the robberies, and was heard to remark:

"That's Dandy Jim Valentine's autograph. He's resumed business. Look at that combination knob – jerked out as easy as pulling up a radish in wet weather. He's got the only clamps that can do it. And
10 look how clean those tumblers were punched out!
11 Jimmy never has to drill but one hole. Yes, I guess

erfunden hatte und auf die er gehörig stolz war. Über neunhundert Dollar zahlte er dafür bei – nun, eben dort, wo man solche Werkzeuge für einschlägige Berufe herstellt.

Eine halbe Stunde später ging Jimmy hinunter und schritt durch das Café. Er trug jetzt geschmackvolle, gutsitzende Kleidung, und in der Hand hielt er seinen von Staub und Schmutz gereinigten Koffer.

«Hast du was vor?» fragte Mike Dolan wohlwollend.

«Ich?» sagte Jimmy im Tone der Verwunderung. «Ich verstehe nicht. Ich bin Vertreter für die New Yorker Vereinigten Knabberpause-Knusperkeks- und Weizenflocken-Werke.»

Dieser Ausspruch ergötzte Mike dermaßen, daß er Jimmy auf der Stelle einen Milchcocktail spendierte. Jimmy trank nie scharfe Sachen.

Eine Woche nach der Entlassung von Valentine, Nr. 9762, wurde ein geschickter Safeeinbruch in Richmond, Indiana, verübt. Vom Täter keine Spur. Freilich wurden nur knapp achthundert Dollar erbeutet. Vierzehn Tage darauf wurde in Logansport ein mehrfach verbessertes, einbruchsicheres Patentsafe wie ein Käse aufgeschnitten, wobei dem Täter bare fünfzehnhundert Dollar in die Hände fielen; Wertpapiere und Silber blieben unberührt. Das begann die Spitzbubenfänger zu interessieren.

Dann wurde ein altmodischer Banksafe in Jefferson City tätig und spuckte bei seinem Ausbruch Banknoten in Höhe von fünftausend Dollar aus seinem Krater. Die Einbußen waren nunmehr so hoch geworden, daß die Angelegenheit in den Zuständigkeitsbereich von Ben Price rückte. Bei einem Vergleich der Ermittlungsergebnisse stellte man eine bemerkenswerte Ähnlichkeit der Einbruchsmethoden fest. Ben Price untersuchte die Tatorte und bemerkte dabei:

«Das ist die Handschrift des feinen Herrn Jim Valentine. Er hat seine Tätigkeit wieder aufgenommen. Sehen Sie dies Kombinationsschloß – einfach rausgerissen wie ein Rettich bei nassem Wetter. Er allein hat die Zwingen dazu. Und sehen Sie, wie sauber diese Verriegelungen herausgemeißelt wurden! Jimmy braucht nie mehr als ein Loch zu bohren. Ja, ich schätze,

I want Mr. Valentine. He'll do his bit next time without any short-time or clemency foolishness."

Ben Price knew Jimmy's habits. He had learned them while working up the Springfield case. Long jumps, quick get-aways, no confederates, and a taste for good society – these ways had helped Mr. Valentine to become noted as a successful dodger of retribution. It was given out that Ben Price had taken up the trail of the elusive cracksman, and other people with burglar-proof safes felt more at ease.

One afternoon Jimmy Valentine and his suit-case climbed out of the mail-hack in Elmore, a little town five miles off the railroad down in the black-jack country of Arkansas. Jimmy, looking like an athletic young senior just home from college, went down the board sidewalk toward the hotel.

A young lady crossed the street, passed him at the corner and entered a door over which was the sign "The Elmore Bank." Jimmy Valentine looked into her eyes, forgot what he was, and became another man. She lowered her eyes and colored slightly. Young men of Jimmy's style and looks were scarce in Elmore.

Jimmy collared a boy that was loafing on the steps of the bank as if he were one of the stock-holders, and began to ask him questions about the town, feeding him dimes at intervals. By and by the young lady came out, looking royally unconscious of the young man with the suit-case, and went her way.

"Isn't that young lady Miss Polly Simpson?" asked Jimmy, with specious guile.

"Naw," said the boy. "She's Annabel Adams. Her pa owns this bank. What'd you come to Elmore for? Is that a gold watch-chain? I'm going to get a bulldog. Got any more dimes?"

Jimmy went to the Planters' Hotel, registered as
12 Ralph D. Spencer, and engaged a room. He leaned on
13 the desk and declared his platform to the clerk. He

ich muß Mr. Valentine suchen. Das nächste Mal brummt er aber ohne Strafnachlaß- und Begnadigungsunfug!»

Ben Price kannte Jims Gewohnheiten. Er hatte sie kennengelernt, als er den Springfield-Fall bearbeitete. Weite Ortswechsel nach rascher Flucht, Verzicht auf Komplizen und eine Vorliebe für bessere Gesellschaft – all dies hatte Mr. Valentine zu dem Ruf verholfen, jederzeit dem Gesetz ein Schnippchen schlagen zu können. Es wurde verlautbart, daß Ben Price die Spur des flüchtigen Einbrechers aufgenommen hatte, und andere Leute mit einbruchsicheren Safes atmeten auf.

An einem Nachmittag kletterten Jimmy Valentine und sein Koffer aus der Postkutsche in Elmore, einer kleinen Stadt, die fünf Meilen von der nächsten Bahnstation entfernt drunten im Bergbaugebiet von Arkansas liegt. Jimmy, der wie ein athletischer, eben vom College heimkommender Examenskandidat aussah, ging den breiten Bürgersteig entlang auf das Hotel zu.

Eine junge Dame überquerte die Straße, begegnete ihm an der Ecke und ging durch eine Tür, über der «The Elmore Bank» zu lesen war. Jimmy Valentine sah ihr in die Augen, vergaß, was er war, und wurde ein neuer Mensch. Sie schlug die Augen nieder und errötete leicht. Junge Männer, die so aussahen und so angezogen waren wie Jimmy, waren in Elmore selten.

Jimmy schnappte sich einen Jungen, der auf den Stufen der Bank herumlungerte, als wäre er dort Aktionär, und begann ihn über die Stadt auszufragen, wobei er ihm hin und wieder einen Groschen zusteckte. Bald kam die junge Dame wieder heraus und ging ihres Weges; sie schien in ihrer Unnahbarkeit von dem jungen Mann mit dem Koffer keine Notiz zu nehmen.

«Ist diese junge Dame nicht Miss Polly Simpson?» fragte Jimmy mit harmlos anmutender Gerissenheit.

«Nee», sagte der Junge, «das ist Annabel Adams. Ihrem Papa gehört diese Bank. Warum sind Sie nach Elmore gekommen? Ist Ihre Uhrkette aus Gold? Ich will mir eine Bulldogge kaufen. Haben Sie noch ein paar Groschen übrig?»

Jimmy ging in das Planter's Hotel, trug sich als Ralph D. Spencer ein und nahm ein Zimmer. Er lehnte sich über den Empfangstisch und erklärte dem Portier sein Programm. Er

said he had come to Elmore to look for a location to go into business. How was the shoe business, now, in the town? He had thought of the shoe business. Was there an opening?

The clerk was impressed by the clothes and manner of Jimmy. He, himself, was something of a pattern of fashion to the thinly gilded youth of Elmore, but he now perceived his shortcomings. While trying to figure out Jimmy's manner of tying his four-in-hand he cordially gave information.

Yes, there ought to be a good opening in the shoe line. There wasn't an exclusive shoe-store in the place. The drygoods and general stores handled them. Business in all lines was fairly good. Hoped Mr. Spencer would decide to locate in Elmore. He would find it a pleasant town to live in, and the people very sociable.

Mr. Spencer thought he would stop over in the town a few days and look over the situation. No, the clark needn't call the boy. He would carry up his suitcase himself; it was rather heavy.

Mr. Ralph Spencer, the phoenix that arose from Jimmy Valentine's ashes – ashes left by the flame of a sudden and alterative attack of love – remained in Elmore, and prospered. He opened a shoe-store and secured a good run of trade.

Socially he was also a success, and made many friends. And he accomplished the wish of his heart. He met Miss Annabel Adams, and became more and more captivated by her charms.

At the end of a year the situation of Mr. Ralph Spencer was this: he had won the respect of the community, his shoe-store was flourishing, and he and Annabel were engaged to be married in two weeks. Mr. Adams, the typical, plodding, country banker, approved of Spencer. Annabel's pride in him almost equalled her affection. He was as much at home in the family of Mr. Adams and that of Annabel's married sister as if he were already a member.

sagte, er sei nach Elmore gekommen, um sich nach einer guten Geschäftslage für einen Laden umzuschauen. Wie ging denn etwa das Schuhgeschäft in der Stadt? Er hatte an ein Schuhgeschäft gedacht. War da wohl etwas zu machen?

Der Portier war von Jimmys Kleidung und Auftreten beeindruckt. Er selbst war für die etwas klägliche Jeunesse dorée von Elmore eine Art Vorbild der Eleganz, aber jetzt entdeckte er seine eigenen Unzulänglichkeiten. Während er herauszubringen versuchte, wie Jimmy wohl sein Halstuch band, gab er zuvorkommend die gewünschten Auskünfte.

Ja, in der Schuhbranche müßten die Aussichten gut sein. Es gab kein Spezialgeschäft am Platze. Schuhe wurden von Kurzwarenhändlern und Krämern geführt. Die Geschäfte gingen auf allen Gebieten recht ordentlich. Hoffentlich könne sich Mr. Spencer entschließen, in Elmore zu bleiben. Er werde sehen, wie gut es sich hier leben lasse und wie umgänglich die Leute seien.

Mr. Spencer gedachte, ein paar Tage in der Stadt zu bleiben, um die Lage zu erkunden. Nein, der Portier brauche nicht den Boy zu rufen. Er wolle seinen Koffer selber hinauftragen; der sei nämlich ordentlich schwer.

Mr. Ralph Spencer, der Phönix, der aus der Asche Jimmy Valentines emporgestiegen war – aus einer Asche, welche die Flamme einer plötzlichen, läuternden Liebe zurückgelassen hatte –, blieb in Elmore und hatte Erfolg. Er eröffnete einen Schuhladen und machte gute Geschäfte.

Auch gesellschaftlich war er ein Erfolg, und er schloß viele Freundschaften. Dazu erfüllte sich die Sehnsucht seines Herzens. Er lernte Miss Annabel Adams kennen und ließ sich mehr und mehr von ihren Reizen fesseln.

Ein Jahr später befand sich Mr. Ralph Spencer in folgender Situation: Er hatte sich Ansehen unter seinen Mitbürgern erworben, sein Schuhgeschäft florierte, Annabel und er waren verlobt und sollten in zwei Wochen heiraten. Mr. Adams, der Typ des schwer arbeitenden Kleinstadtbankiers, war mit Spencer einverstanden. Annabels Stolz auf ihn war fast ebenso groß wie ihre Liebe. Er war bei den Adams und in der Familie von Annabels verheirateter Schwester so zu Hause, als gehöre er schon zu ihnen.

One day Jimmy sat down in his room and wrote this letter, which he mailed to the safe address of one of his old friends in St. Louis:

Dear Old Pal: I want you to be at Sullivan's place, in Little Rock, next Wednesday night at nine o'clock. I want you to wind up some little matters for me. And, also, I want to make you a present of my kit of tools. I know you'll be glad to get them – you couldn't duplicate the lot for a thousand dollars. Say, Billy, I've quit the old business – a year ago. I've got a nice store. I'm making an honest living, and I'm going to marry the finest girl on earth two weeks from now. It's the only life, Billy – the straight one. I wouldn't touch a dollar of another man's money now for a million. After I get married I'm going to sell out and go West, where there won't be so much danger of having old scores brought up against me. I tell you, Billy, she's an angel. She believes in me; and I wouldn't do another crooked thing for the whole world. Be sure to be at Sully's for I must see you. I'll bring along the tools with me.

Your old friend, Jimmy.

On the Monday night after Jimmy wrote this letter Ben Price jogged unobtrusively into Elmore in a livery buggy. He lounged about town in his quiet way until he found out what he wanted to know. From the drugstore across the street from Spencer's shoe-store he got a good look at Ralph D. Spencer.

"Going to marry the banker's daughter are you, Jimmy?" said Ben to himself, softly. "Well, I don't know!"

The next morning Jimmy took breakfast at the Adamses. He was going to Little Rock that day to order his wedding-suit and buy something nice for
16 Annabel. That would be the first time he had left
17 town since he came to Elmore. It had been more than

Eines Tages setzte sich Jimmy in sein Zimmer und schrieb folgenden Brief, den er an die sichere Adresse von einem seiner alten Freunde in St. Louis schickte:

Lieber alter Freund! Ich möchte Dich gern am nächsten Mittwoch abends um neun Uhr im Gasthaus von Sullivan in Little Rock treffen. Ich möchte Dich bitten, ein paar kleine Angelegenheiten für mich zu erledigen. Außerdem möchte ich Dir meinen Werkzeugkasten schenken. Ich weiß, daß Du dich darüber freuen wirst – so einen Satz macht dir für tausend Dollar keiner nach. Hör zu, Billy, ich habe das alte Geschäft an den Nagel gehängt – schon vor einem Jahr. Ich habe einen hübschen Laden. Ich ernähre mich auf ehrliche Weise, und heute in vierzehn Tagen heirate ich das beste Mädchen der Welt. Das ist das einzig richtige, Billy – ein ehrliches Leben. Nicht für eine Million würde ich jetzt einem anderen auch nur einen Dollar wegnehmen. Nach meiner Heirat will ich hier alles verkaufen und in den Westen gehen, wo weniger Gefahr besteht, daß man mir alte Rechnungen präsentiert. Ich sage Dir, Billy, sie ist ein Engel. Sie glaubt an mich, und für nichts auf der Welt würde ich wieder ein krummes Ding drehen. Vergiß nicht, zu Sully zu kommen, denn ich muß Dich sprechen. Ich bringe die Werkzeuge mit.

Dein alter Freund Jimmy

Am nächsten Montagabend, nachdem Jimmy seinen Brief geschrieben hatte, trudelte Ben Price unauffällig mit einer gemieteten Kutsche in Elmore ein. Er schlenderte in seiner ruhigen Art in der Stadt umher, bis er herausgebracht hatte, was er wissen wollte. Von einem Drugstore aus, der gegenüber von Spencers Schuhladen auf der anderen Straßenseite lag, konnte er Ralph D. Spencer genau in Augenschein nehmen.

«Du willst also die Tochter des Bankiers heiraten, Jimmy?» murmelte Ben leise vor sich hin. «Na, ich weiß nicht recht!»

Am folgenden Morgen frühstückte Jimmy bei Adams. Er wollte an diesem Tag nach Little Rock fahren, um seinen Hochzeitsanzug zu bestellen und etwas Hübsches für Annabel zu kaufen. Seit seiner Ankunft in Elmore würde er damit zum ersten Mal die Stadt verlassen. Es war jetzt schon über ein Jahr

a year now since those last professional "jobs," and he thought he could safely venture out.

After breakfast quite a family party went down town together – Mr. Adams, Annabel, Jimmy, and Annabel's married sister with her two little girls, aged five and nine. They came by the hotel where Jimmy still boarded, and he ran up to his room and brought along his suit-case. Then they went on to the bank. There stood Jimmy's horse and buggy and Dolph Gibson, who was going to drive him over to the railroad station.

All went inside the high, carved oak railings into the banking-room – Jimmy included, for Mr. Adams's future son-in-law was welcome anywhere. The clerks were pleased to be greeted by the good-looking, agreeable young man who was going to marry Miss Annabel. Jimmy set his suit-case down. Annabel, whose heart was bubbling with happiness and lively youth, put on Jimmy's hat and picked up the suit-case. "Wouldn't I make a nice drummer?" said Annabel. "My! Ralph, how heavy it is. Feels like it was full of gold bricks."

"Lot of nickel-plated shoe-horns in there," said Jimmy, coolly, "that I'm going to return. Thought I'd save express charges by taking them up. I'm getting awfully economical."

The Elmore Bank had just put in a new safe and vault. Mr. Adams was very proud of it, and insisted on an inspection by every one. The vault was a small one, but it had a new patented door. It fastened with three solid steel bolts thrown simultaneously with a single handle, and had a time-lock. Mr. Adams beamingly explained its workings to Mr. Spencer, who showed a courteous but not too intelligent interest. The two children, May and Agatha, were delighted by the shining metal and funny clock and knobs.

18 While they were thus engaged Ben Price sauntered
19 in and leaned on his elbow, looking casually inside

her, seit er seinen «Beruf» zum letzten Mal ausgeübt hatte, und so glaubte er, sich gefahrlos hinauswagen zu können.

Nach dem Frühstück fuhr eine ganze Familienversammlung gemeinsam in die Stadt – Mr. Adams, Annabel, Jimmy und Annabels verheiratete Schwester mit ihren beiden Töchterchen im Alter von fünf und neun Jahren. Sie kamen an dem Hotel vorbei, in dem Jimmy noch immer wohnte, und er rannte in sein Zimmer hinauf, um seinen Koffer zu holen. Dann gingen sie alle weiter zur Bank. Dort stand schon Jimmys Pferdewagen und Dolph Gibson, der ihn zum Bahnhof fahren sollte.

Sie gingen alle zwischen den hohen geschnitzten Eichengittern hindurch in den inneren Bankraum – auch Jimmy, denn Mr. Adams zukünftiger Schwiegersohn war überall willkommen. Die Bankbeamten freuten sich über den Gruß des gutaussehenden, netten jungen Mannes, der Miss Annabel heiraten würde. Jimmy setzte seinen Koffer ab. Annabel, deren Herz vor Glück und jugendlicher Ausgelassenheit überschäumte, setzte Jimmys Hut auf und hob den Koffer hoch. «Wäre ich nicht ein flotter Vertreter?» sagte sie. «Um Himmels Willen, Ralph, wie schwer er ist. Man möchte meinen, er wäre voller Goldbarren.»

«Eine ganze Menge vernickelter Schuhlöffel ist drin», sagte Jimmy kaltblütig. «Die will ich nämlich wieder zurückgeben. Und ich dachte, ich spare mir das Porto, wenn ich sie persönlich hinbringe. Ich bin dabei, unheimlich sparsam zu werden.»

Die Elmore-Bank hatte sich eben erst ein neues Safe und eine neue Stahlkammer einbauen lassen. Mr. Adams war sehr stolz und bestand darauf, jedem alles zu zeigen. Die Stahlkammer war klein, hatte aber eine neue Patenttür. Diese Tür wurde durch drei massive Stahlbolzen, die alle zugleich mit einem einzigen Handgriff zu bewegen waren, verschlossen und besaß ein Uhrwerkschloß. Mr. Adams strahlte, als er ihren Mechanismus Mr. Spencer erklärte, der ein höfliches, aber nicht allzu sachkundiges Interesse zeigte. Die beiden Kinder, May und Agatha, hatten ihren Spaß an dem blinkenden Metall, dem komischen Uhrwerk und den Knöpfen.

Während so alles mit der Stahlkammer beschäftigt war, kam Ben Price hereinspaziert, stützte sich mit dem Ellbogen an die

between the railings. He told the teller that he didn't want anything; he was just waiting for a man he knew.

Suddenly there was a scream or two from the women, and a commotion. Unperceived by the elders, May, the nine-year-old girl, in a spirit of play, had shut Agatha in the vault. She had then shot the bolts and turned the knob of the combination as she had seen Mr. Adams do.

The old banker sprang to the handle and tugged at it for a moment. "The door can't be opened," he groaned. "The clock hasn't been wound nor the combination set."

Agatha's mother screamed again, hysterically.

"Hush!" said Mr. Adams, raising his trembling hand. "All be quiet for a moment. Agatha!" he called as loudly as he could. "Listen to me." During the following silence they could just hear the faint sound of the child wildly shrieking in the dark vault in a panic of terror.

"My precious darling!" wailed the mother. "She will die of fright! Open the door! Oh, break it open! Can't you men do something?"

"There isn't a man nearer than Little Rock who can open that door," said Mr. Adams, in a shaky voice. "My God! Spencer, what shall we do? That child – she can't stand it long in there. There isn't enough air, and, besides, she'll go into convulsions from fright."

Agatha's mother, frantic now, beat the door of the vault with her hands. Somebody wildly suggested dynamite. Annabel turned to Jimmy, her large eyes full of anguish, but not yet despairing. To a woman nothing seems quite impossible to the powers of the man she worships.

"Can't you do something, Ralph – *try*, won't you?"

20 He looked at her with a queer, soft smile on his lips
21 and in his keen eyes.

Wand und schaute wie zufällig zwischen den Gitterstäben hindurch in das Innere der Bank. Zum Kassenbeamten sagte er, daß er nichts wolle; er warte nur auf einen Bekannten.

Auf einmal schrien die Frauen auf, und es entstand ein Durcheinander. Unbemerkt von den Erwachsenen hatte May, die Neunjährige, aus spielerischem Übermut Agatha in die Stahlkammer eingeschlossen. Dann hatte sie die Bolzen vorgeschoben und den Knopf des Kombinationsschlosses gedreht, wie sie es bei Mr. Adams gesehen hatte.

Der alte Bankier sprang hinzu und rüttelte einen Augenblick am Griff. «Die Tür läßt sich nicht öffnen», stöhnte er. «Das Uhrwerk ist nicht aufgezogen und die Kombination nicht eingestellt.»

Agathas Mutter begann von neuem hysterisch zu schreien.

«Still!» sagte Mr. Adams und hob seine zitternde Hand. «Seid mal alle einen Moment ruhig. Agatha!» rief er so laut er konnte. «Hör mir zu!» In der folgenden Stille hörte man nur schwach das wilde Schreien des Kindes, das die dunkle Kammer in einen panischen Schrecken versetzt hatte.

«Mein geliebtes Kind!» jammerte die Mutter. «Sie wird vor Angst sterben! Macht die Tür auf! Brecht sie doch auf! Könnt ihr Männer denn nicht irgend etwas tun?»

«Näher als in Little Rock gibt es niemand, der diese Tür öffnen könnte», sagte Mr. Adams mit zittriger Stimme. «Mein Gott! Spencer, was sollen wir tun? Das Kind – sie kann es nicht lange da drin aushalten. Sie bekommt nicht genug Luft, und außerdem verfällt sie ja in Angstkrämpfe!»

Agathas Mutter schlug jetzt in wilder Verzweiflung mit den Händen gegen die Tür der Stahlkammer. Irgend jemand machte den verrückten Vorschlag, es mit Dynamit zu versuchen. Annabel wandte sich Jimmy zu; in ihren großen Augen stand die Angst, aber noch nicht die Verzweiflung. Eine Frau hat ja ein fast grenzenloses Vertrauen zu den Fähigkeiten des Mannes, den sie liebt.

«Kannst du nicht etwas tun, Ralph – wenigstens versuchen?»

Er sah sie an mit einem sonderbaren, zärtlichen Lächeln auf seinen Lippen und in seinen hellen Augen.

"Annabel," he said, "give me that rose you are wearing, will you?"

Hardly believing that she heard him aright, she unpinned the bud from the bosom of her dress, and placed it in his hand. Jimmy stuffed it into his vestpocket, threw off his coat and pulled up his shirtsleeves. With that act Ralph D. Spencer passed away and Jimmy Valentine took his place.

"Get away from the door, all of you," he commanded, shortly.

He set his suit-case on the table, and opened it out flat. From that time on he seemed to be unconscious of the presence of any one else. He laid out the shining, queer instruments swiftly and orderly, whistling softly to himself as he always did when at work. In a deep silence and immovable, the others watched him as if under a spell.

In a minute Jimmy's pet drill was biting smoothly into the steel door. In ten minutes – breaking his own burglarious record – he threw back the bolts and opened the door.

Agatha, almost collapsed, but safe, was gathered into her mother's arms.

Jimmy Valentine put on his coat, and walked outside the railings toward the front door. As he went he thought he heard a far-away voice that he once knew call "Ralph!" But he never hesitated.

At the door a big man stood somewhat in his way.

"Hello, Ben!" said Jimmy, still with his strange smile. "Got around at last, have you? Well, let's go. I don't know that it makes much difference, now."

And then Ben Price acted rather strangely.

"Guess you're mistaken, Mr. Spencer," he said. "Don't believe I recognize you. Your buggy's waiting for you, ain't it?"

And Ben Price turned and strolled down the street.

«Annabel», sagte er, «willst du mir bitte die Rose geben, die du angesteckt hast?»

Sie konnte kaum glauben, daß sie ihn richtig verstanden hatte, aber sie löste die Knospe von ihrem Kleid und gab sie ihm in die Hand. Jimmy steckte sie in seine Westentasche, zog seine Jacke aus und krempelte die Hemdsärmel hoch. Bei dieser Geste verschwand Ralph D. Spencer und machte Jimmy Valentine Platz.

«Tretet ihr alle mal von der Tür zurück», befahl er kurz.

Er stellte seinen Koffer auf den Tisch und klappte ihn flach auseinander. Von nun an schien er die Anwesenheit der anderen nicht mehr zu bemerken. Er legte sich die blinkenden, merkwürdigen Werkzeuge flink und ordentlich zurecht und pfiff leise vor sich hin, wie er es immer bei der Arbeit tat. Wie gebannt beobachteten ihn die anderen, schweigend und unbeweglich.

Innerhalb einer Minute fraß sich Jimmys Lieblingsbohrer weich in die Stahltüre. Nach zehn Minuten – damit brach er seinen eigenen Einbrecherrekord – schob er die Bolzen zurück und öffnete die Tür.

Agatha, fast ohnmächtig, aber unversehrt, wurde von ihrer Mutter in die Arme geschlossen.

Jimmy Valentine zog seine Jacke an und ging zwischen den Gittern hindurch zur Eingangstür. Während er ging, war ihm, als höre er in weiter Ferne eine ihm einst bekannte Stimme «Ralph!» rufen. Aber er zögerte keinen Augenblick.

An der Türe vertrat ihm ein großer Mann beinahe den Weg.

«Hallo, Ben!» sagte Jimmy, immer noch mit seinem sonderbaren Lächeln. «Haben Sie mich endlich erwischt? Na schön, gehen wir. Das macht mir jetzt auch nichts mehr aus.»

Und dann tat Ben Price etwas sehr Merkwürdiges.

«Sie müssen sich irren, Mr. Spencer», sagte er, «ich glaube nicht, daß ich Sie kenne. Ihr Wagen wartet doch auf Sie, nicht wahr?»

Und Ben Price machte kehrt und schlenderte die Straße hinunter.

Twenty miles west of Tucson the "Sunset Express" stopped at a tank to take on water. Besides the aqueous addition the engine of that famous flyer acquired some other things that were not good for it.

While the fireman was lowering the feeding hose, Bob Tidball, "Shark" Dodson, and a quarter-bred Creek Indian called John Big Dog climbed on the engine and showed the engineer three round orifices in pieces of ordnance that they carried. These orifices so impressed the engineer with their possibilities that he raised both hands in a gesture such as accompanies the ejaculation "Do tell!"

At the crisp command of Shark Dodson, who was leader of the attacking force, the engineer descended to the ground and uncoupled the engine and tender. Then John Big Dog, perched upon the coal, sportively held two guns upon the engine driver and the fireman, and suggested that they run the engine fifty yards away and there await further orders.

Shark Dodson and Bob Tidball, scorning to put such low-grade ore as the passengers through the mill, struck out for the rich pocket of the express car. They found the messenger serene in the belief that the "Sunset Express" was taking on nothing more stimulating and dangerous than aqua pura. While Bob was knocking this idea out of his head with the butt-end of his six-shooter Shark Dodson was already dosing the express-car safe with dynamite.

The safe exploded to the tune of $ 30,000, all gold and currency. The passengers thrust their heads casually out of the windows to look for the thunder-cloud. The conductor jerked at the bell rope, which sagged down loose and unresisting, at his tug. Shark Dodson and Bod Tidball, with their booty in a stout canvas bag, tumbled out of the express car and ran awkwardly in their high-heeled boots to the engine.

O. Henry: Welchen Weg man einschlägt

Zwanzig Meilen westlich von Tucson hielt der «Sunset Express» an einem Tank, um Wasser aufzunehmen. Außer dieser feuchten Zuführung empfing die Lokomotive des berühmten Expreßzuges einiges andere, was nicht so bekömmlich war.

Während der Heizer das Zulaufrohr niederholte, kletterten Bob Tidball, «Hai» Dodson und ein Mestize vom Stamme der Creek mit Namen John Großer Hund auf die Lokomotive und zeigten dem Maschinisten drei runde Mündungen von Schußwaffen, die sie in den Händen hielten. Diese Mündungen beeindruckten mit ihren Möglichkeiten den Maschinisten so sehr, daß er beide Hände hochhob mit etwa der Gebärde, wie sie den Ausruf «Das kann doch nicht wahr sein» begleitet.

Auf den scharfen Befehl Hai Dodsons, der das Oberhaupt des Überfallkommandos war, begab sich der Maschinist auf den Boden und kuppelte Lokomotive und Tender ab. Dann hielt John Großer Hund, der hoch oben auf den Kohlen saß, spielerisch zwei Revolver auf den Maschinisten und den Heizer gerichtet und empfahl ihnen, die Lokomotive fünfzig Yards weiter wegzufahren und dort neue Befehle abzuwarten.

Hai Dodson und Bob Tidball, die es verschmähten, so minderwertiges Erz wie Fahrgäste durchzusieben, drangen zum fündigen Goldnest des Expreßzuges vor. Sie trafen den Geldboten in dem friedlichen Glauben an, daß der «Sunset Express» nichts Belebenderes und nichts Gefährlicheres als Aqua pura aufnahm. Während Bob ihm diese Vorstellung mit dem Kolben seines sechsschüssigen Revolvers aus dem Kopf klopfte, verabreichte Hai Dodson dem Safe des Expreßzuges schon eine Ladung Dynamit.

Mit Gedonner gab der Safe 30000 Dollar frei, alles in Gold und gängiger Münze. Die Reisenden steckten nachlässig die Köpfe aus den Fenstern, um nach der Gewitterwolke zu schauen. Der Zugführer riß an der Klingelschnur, die auf sein Zerren hin lose und schlaff durchhing. Mit ihrer Beute in einer derben Leinwandtasche stolperten Hai Dodson und Bob Tidball aus dem Paketwagen und liefen unbeholfen in ihren hochhakkigen Stiefeln zur Lokomotive.

The engineer, sullenly angry but wise, ran the engine, according to orders, rapidly away from the inert train. But before this was accomplished the express messenger, recovered from Bob Tidball's persuader to neutrality, jumped out of his car with a Winchester rifle and took a trick in the game. Mr. John Big Dog, sitting on the coal tender, unwittingly made a wrong lead by giving an imitation of a target, and the messenger trumped him. With a ball exactly between his shoulder blades the Creek chevalier of industry rolled off to the ground, thus increasing the share of his comrades in the loot by one-sixth each.

Two miles from the tank the engineer was ordered to stop.

The robbers waved a defiant adieu and plunged down the steep slope into the thick woods that lined the track. Five minutes of crashing through a thicket of chaparral brought them to open woods, where the three horses were tied to low-hanging branches. One was waiting for John Big Dog, who would never ride by night or day again. This animal the robbers divested of saddle and bridle and set free. They mounted the other two with the bag across one pommel, and rode fast and with discretion through the forest and up a primeval, lonely gorge. Here the animal that bore Bob Tidball slipped on a mossy boulder and broke a foreleg.

They shot him through the head at once and sat down to hold a council of flight. Made secure for the present by the tortuous trail they had traveled, the question of time was no longer so big. Many miles and hours lay between them and the spryest posse that could follow. Shark Dodson's horse, with trailing rope and dropped bridle, panted and cropped thankfully of the grass
26 along the stream in the gorge. Bob Tidball opened the
27 sack, and drew out double handfuls of the neat

Der Maschinist, widerstrebend und aufgebracht, doch weise, fuhr die Lokomotive, den Anordnungen entsprechend, rasch von dem lahmgelegten Zug weg. Doch bevor dies getan war, sprang der Geldbote, der sich von Bob Tidballs Überredungskunst zur Neutralität erholt hatte, mit einer Winchesterbüchse aus seinem Waggon und brachte eine höhere Karte ins Spiel. Mr. John Großer Hund, der auf dem Kohlentender saß, hatte nichtsahnend das falsche Blatt in der Hand, indem er so etwas wie ein Ziel abgab, und der Geldkurier stach ihn aus. Mit einer Kugel genau zwischen den Schulterblättern rollte dieser Erwerbsritter vom Stamme der Creek hinunter auf den Erdboden und steigerte so den Anteil seiner Spießgesellen an der Diebesbeute um ein Sechstel für jeden.

Zwei Meilen vom Wassertank entfernt ließ man den Maschinisten anhalten.

Die Räuber winkten ein höhnisches Ade und stürzten den steilen Hang hinunter in die dichten Wälder, die den Schienenweg säumten. Nachdem sie sich fünf Minuten lang durch ein immergrünes Dickicht gekämpft hatten, kamen sie in lichten Wald, wo die drei Pferde an tiefhängenden Ästen angebunden waren. Eines wartete auf John Großer Hund, der nie mehr reiten würde, weder bei Nacht noch bei Tage. Diesem Tier nahmen die Räuber Sattel und Zaumzeug ab und ließen es laufen. Sie bestiegen die beiden anderen mit der Tasche über dem einen Sattelknauf und ritten schnell und mit Vorsicht durch den Wald und eine urweltliche, einsame Schlucht hinauf. Hier rutschte das Tier, das Bob Tidball trug, auf einem bemoosten runden Stein aus und brach sich eine Vorderhand. Sie jagten ihm sofort eine Kugel durch den Kopf und setzten sich hin, um die weitere Flucht zu beraten. Für den Augenblick konnten sie sich dank dem verschlungenen Pfad, den sie genommen hatten, sicher fühlen, und die Zeitfrage war nicht mehr so bedeutend. Viele Meilen und Stunden lagen zwischen ihnen und dem flinkesten Polizeiaufgebot, das folgen könnte. Hai Dodsons Pferd, mit schleppender Leine und hängendem Zügel, schnaubte und weidete dankbar im Gras entlang dem Gewässer in der Schlucht. Bob Tidball öffnete den Sack und holte aus ihm mit beiden Händen einige der ordentlich

packages of currency and the one sack of gold and chuckled with the glee of a child.

"Say, you old double-decked pirate," he called joyfully to Dodson, "you said we could do it – you got a head for financing that knocks the horns off of anything in Arizona."

"What are we going to do about a hoss for you, Bob? We ain't got long to wait here. They'll be on our trail before daylight in the mornin'."

"Oh, I guess that cayuse of yourn'll carry double for a while," answered the sanguine Bob. "We'll annex the first animal we come across.

By jingoes, we made a haul, didn't we? Accordin' to the marks on this money there's $ 30,000–$ 15,000 apiece!"

"It's short of what I expected," said Shark Dodson, kicking softly at the packages with the toe of his boot. And then he looked pensively at the wet sides of his tired horse.

"Old Bolivar's mighty nigh played out," he said, slowly. "I wish that sorrel of yours hadn't got hurt."

"So do I," said Bob, heartily, "but it can't be helped. Bolivar's got plenty of bottom – he'll get us both far enough to get fresh mounts. Dang it, Shark, I can't help thinkin' how funny it is that an Easterner like you can come out here and give us Western fellows cards and spades in the desperado business. What part of the East was you from, anyway?"

"New York State," said Shark Dodson, sitting down on a boulder and chewing a twig. "I was born on a farm in Ulster County. I ran away from home when I was seventeen. It was an accident my comin' West. I was walkin' along the road with my clothes in a bundle, makin' for New York City. I had an idea of goin' there and makin' lots of money. I always felt like I could do it. I came to a place one evenin' where the road forked and I didn't know which fork to take.

verschnürten Geldpäckchen hervor und den einen Goldsack und gluckste mit der Freude eines Kindes.

«Nun, du alter doppeldeckiger Pirat», rief er fröhlich zu Dodson, «du sagtest, wir könnten es schaffen – du hast ein Köpfchen für Geldgeschäfte, das übertrifft doch alles in Arizona.»

«Was machen wir wegen eines Pferdes für dich, Bob? Lange können wir hier nicht rumwarten. Sie werden uns morgen noch vor Tageslicht auf der Spur sein.»

«Ach, ich schätze, dein Indianerpony wird eine Zeitlang doppelt tragen», antwortete der zuversichtliche Bob. «Wir werden uns das erste Tier schnappen, das uns über den Weg läuft. Alle Wetter, wir haben einen Fang getan, nicht wahr? Nach den Markierungen auf diesen Geldbündeln sind es 30000 Dollar, 15000 Dollar für jeden!»

«Es ist weniger, als ich erwartet habe», sagte Hai Dodson und stieß leicht mit der Stiefelspitze gegen die Päckchen. Und dann sah er nachdenklich auf die feuchten Flanken seines müden Pferdes.

«Der alte Bolivar ist so ziemlich erledigt», sagte er langsam. «Ich wünschte, dein Rotfuchs hätte sich nicht verletzt!»

«Ich auch», sagte Bob aufrichtig, «doch das läßt sich nicht ändern. Bolivar hat mächtige Ausdauer – er wird uns beide weit genug tragen, bis wir frische Reittiere bekommen. Verflucht nochmal, Hai, ich muß immer denken, wie komisch es ist, daß einer aus dem Osten, wie du, hier rauskommt und uns Kerlen aus dem Westen Karten und Trümpfe im Gangstergeschäft gibt. Aus welchem Teil des Ostens bist du eigentlich?»

«Staat New York», sagte Hai Dodson, setzte sich auf einen Felsstein und kaute an einem dünnen Zweig. «Ich wurde auf einer Farm im Bezirk Ulster geboren. Ich lief von zu Hause fort, als ich siebzehn war. Daß ich in den Westen kam, war Zufall. Ich ging mit meinem Kleiderbündel die Straße entlang Richtung New York. Ich hatte so eine Vorstellung, dorthin zu kommen und eine Menge Geld zu machen. Mir war immer so, als könnte ich das hinkriegen. Eines Abends kam ich an eine Stelle, wo der Weg sich gabelte, und ich wußte nicht, welche Abzweigung ich nehmen sollte. Ungefähr eine halbe Stunde

I studied about it for half an hour and then I took the left-hand. That night I run into the camp of a Wild West show that was travelin' among the little towns, and I went West with it. I've often wondered if I wouldn't have turned out different if I'd took the other road."

"Oh, I reckon you'd have ended up about the same," said Bob Tidball, cheerfully philosophical. "It ain't the roads we take; it's what's inside of us that makes us turn out the way we do."

Shark Dodson got up and leaned against a tree.

"I'd a good deal rather that sorrel of yourn hadn't hurt himself, Bob," he said again, almost pathetically.

"Same here," agreed Bob; "he sure was a first-rate kind of a crowbait. But Bolivar, he'll pull us through all right. Reckon we'd better be movin' on, hadn't we, Shark? I'll bag the boodle ag'in and we'll hit the trail for higher timber."

Bob Tidball replaced the spoil in the bag and tied the mouth of it tightly with a cord. When he looked up the most prominent object that he saw was the muzzle of Shark Dodson's .45 held upon him without a waver.

"Stop your funnin'," said Bob, with a grin. "We got to be hittin' the breeze."

"Set still," said Shark. "You ain't goin' to hit no breeze, Bob.

I hate to tell you, but there ain't any chance for but one of us. Bolivar, he's plenty tired, and he can't carry double."

"We been pards, me and you, Shark Dodson, for three years," Bob said quietly. "We've risked our lives together time and again. I've always give you a square deal, and I thought you was a man. I've heard some queer stories about you shootin' one or two men in a peculiar way, but I never believed 'em. Now if you're just havin' a little fun with me, Shark, put

überlegte ich mir das, und dann schlug ich die linke ein. In dieser Nacht kam ich an den Lagerplatz einer Wild West Show, die in den kleinen Städten herumreiste, und mit diesen Leuten zog ich nach Westen. Ich habe mich oft gefragt, ob ich nicht ein anderer geworden wäre, wenn ich den anderen Weg eingeschlagen hätte.»

«Ach, ich vermute, mit dir wäre es ungefähr auf dasselbe hinausgelaufen», sagte Bob Tidball heiter und weltweise. «Es kommt nicht darauf an, welchen Weg man einschlägt. Das, was in uns steckt, läßt uns so werden, wie wir sind.»

Hai Dodson erhob sich und lehnte sich an einen Baum.

«Ich gäb 'ne Menge drum, wenn dein Rotfuchs sich nicht verletzt hätte, Bob», wiederholte er fast trübselig.

«Geht mir auch so», stimmte Bob zu; «er war wirklich ein erstklassiger alter Klepper. Doch Bolivar bringt uns schon durch. Ich glaube, wir sollten uns jetzt aufmachen, was meinst du, Hai? Ich packe den Zaster wieder ein, und wir folgen dem Pfad zu den Hochwäldern.»

Bob Tidball steckte das Diebesgut in den Sack zurück und verschnürte die Öffnung fest mit einer Kordel. Als er hochsah, war der auffallendste Gegenstand, den er erblickte, die Mündung von Hai Dodsons Fünfundvierziger, die ohne ein Beben auf ihn gerichtet war.

«Laß deine Späße», sagte Bob mit einem Grinsen. «Wir müssen uns schleunigst aus dem Staub machen.»

«Keine Bewegung», sagte Hai. «Du wirst dich überhaupt nicht mehr aus dem Staub machen, Bob. Ist mir scheußlich, dir das sagen zu müssen, aber nur einer von uns hat die Aussicht, durchzukommen. Bolivar, der ist mächtig müde und kann nicht doppelt tragen.»

«Wir sind Partner gewesen, ich und du, Hai Dodson, drei Jahre lang», sagte Bob leise. «Wir haben viele Male unser Leben gemeinsam aufs Spiel gesetzt. Meine Karten habe ich vor dir immer offengelegt, und ich dachte, du wärst ein Mann. Ich hab einige schäbige Geschichten über dich gehört, daß du ein oder zwei Männer auf merkwürdige Weise erschossen hast, doch ich hab nicht daran geglaubt. Wenn du jetzt also nur einen kleinen Spaß mit mir treibst, Hai, dann tu deinen Revolver

your gun up, and we'll get on Bolivar and vamoose. If you mean to shoot – shoot, you blackhearted son of a tarantula!"

Shark Dodson's face bore a deeply sorrowful look.

"You don't know how bad I feel," he sighed, "about that sorrel of yourn breakin' his leg, Bob."

The expression on Dodson's face changed in an instant to one of cold ferocity mingled with inexorable cupidity. The soul of the man showed itself for a moment like an evil face in the window of a reputable house.

Truly Bob Tidball was never to "hit the breeze" again. The deadly .45 of the false friend cracked and filled the gorge with a roar that the walls hurled back with indignant echoes.

And Bolivar, unconscious accomplice, swiftly bore away the last of the holders-up of the "Sunset Express," not put to the stress of "carrying double."

But as Shark Dodson galloped away the woods seemed to fade from his view; the revolver in his right hand turned to the curved arm of a mahogany chair; his saddle was strangely upholstered, and he opened his eyes and saw his feet, not in stirrups, but resting quietly on the edge of a quartered-oak desk.

I am telling you that Dodson, of the firm of Dodson & Decker, Wall Street brokers, opened his eyes. Peabody, the confidential clerk, was standing by his chair, hesitating to speak. There was a confused hum of wheels below, and the sedative buzz of an electric fan.

"Ahem! Peabody," said Dodson, blinking. "I must have fallen asleep. I had a most remarkable dream. What is it, Peabody?"

"Mr. Williams, sir, of Tracy & Williams, is
32 outside. He has come to settle his deal in X.Y.Z. The
33 market caught him short, sir, if you remember."

beiseite, und wir steigen auf Bolivar und verduften. Wenn du aber schießen möchtest – so schieß, du übler Sohn einer Tarantel.»

Hai Dodsons Gesicht zeigte einen kummervollen Ausdruck.

«Du weißt nicht, wie sehr ich es bedaure», seufzte er, «daß sich dein Rotfuchs die Vorderhand gebrochen hat, Bob.»

Dodsons Gesicht wechselte in Sekundenschnelle zu einer Miene kalter Grausamkeit gemischt mit unerbittlicher Habgier. Die Seele des Mannes zeigte sich einen Augenblick lang wie ein böses Gesicht im Fenster eines achtbaren Hauses.

Bob Tidball war es wirklich nicht vergönnt, sich jemals wieder «aus dem Staub zu machen». Die tödliche Fünfundvierziger des falschen Freundes krachte und erfüllte die Schlucht mit einem Gebrüll, das die Bergwände mit empörtem Echo zurückwarfen. Und Bolivar, unbewußter Mittäter, trug rasch den letzten der drei Banditen vom Überfall auf den «Sunset Express» davon, nicht der Anstrengung ausgesetzt, «doppelt zu tragen».

Doch als Hai Dodson davongaloppierte, schienen die Wälder aus seinem Blick zu schwinden; der Revolver in seiner rechten Hand verwandelte sich in den geschwungenen Arm eines Mahagonistuhles; sein Sattel erwies sich als merkwürdig gut gepolstert. Er öffnete die Augen und sah seine Füße nicht in Steigbügeln, sondern friedlich auf der Kante eines Schreibtisches aus massiver Eiche ruhen.

Hiermit stelle ich fest, daß Mr. Dodson von der Firma Dodson & Decker, Börsenmakler auf der Wall Street, seine Augen öffnete. Peabody, sein Privatsekretär, stand neben seinem Sessel und zögerte ihn anzureden. Man vernahm das beruhigende Brummen eines Ventilators und von unten herauf das undeutliche Rauschen des Verkehrs.

«Hm! Peabody», sagte Dodson und blinzelte. «Ich muß eingeschlafen sein. Ich hatte einen höchst ungewöhnlichen Traum. Was gibt's, Peabody?»

«Mr. Williams, Sir, von Tracy & Williams ist draußen. Er möchte seine Transaktion in XYZ abschließen. Er hatte an der Börse Schwierigkeiten, seine Papiere loszuwerden, wenn Sie sich erinnern, Sir!»

"Yes, I remember. What is X.Y.Z. quoted at to-day, Peabody?"

"One eighty-five, sir."

"Then that's his price."

"Excuse me," said Peabody, rather nervously, "for speaking of it, but I've been talking to Williams. He's an old friend of yours, Mr. Dodson, and you practically have a corner in X.Y.Z. I thought you might – that is, I thought you might not remember that he sold you the stock at 98. If he settles at the market price it will take every cent he has in the world and his home too to deliver the shares."

The expression on Dodson's face changed in an instant to one of cold ferocity mingled with inexorable cupidity. The soul of the man showed itself for a moment like an evil face in the window of a reputable house.

"He will settle at one eighty-five," said Dodson. "Bolivar cannot carry double."

«Ja, ich erinnere mich. Wie ist XYZ heute notiert, Peabody?»

«Hundertfünfundachtzig, Sir.»

«Das ist dann der Preis.»

«Entschuldigen Sie», sagte Peabody leicht erregt, «daß ich das erwähne, doch ich habe mit Williams gesprochen. Er ist ein alter Freund von Ihnen, Mr. Dodson, und Sie haben ohnehin die Mehrheit bei XYZ. Ich dachte, Sie würden – das heißt, ich dachte, Sie wüßten vielleicht nicht mehr, daß er das Aktienpaket zu achtundneunzig an Sie verkaufte. Wenn er zum Marktpreis abschließt, wird er den letzten Cent, den er besitzt, loswerden und sein Haus dazu, um die Anteile auszulösen.»

Der Ausdruck in Dodsons Gesicht wechselte in Sekundenschnelle zu einer Miene kalter Grausamkeit gemischt mit unerbittlicher Habgier. Die Seele des Mannes zeigte sich einen Augenblick lang wie ein böses Gesicht im Fenster eines achtbaren Hauses.

«Er wird zu hundertfünfundachtzig abschließen», sagte Dodson. «Bolivar kann nicht doppelt tragen.»

After Twenty Years

The policeman on the beat moved up the avenue impressively. The impressiveness was habitual and not for show, for spectators were few. The time was barely ten o'clock at night, but chilly gusts of wind with a taste of rain in them had well nigh depeopled the streets.

Trying doors as he went, twirling his club with many intricate and artful movements, turning now and then to cast his watchful eye adown the pacific thoroughfare, the officer, with his stalwart form and slight swagger, made a fine picture of a guardian of the peace.

The vicinity was one that kept early hours. Now and then you might see the lights of a cigar store or of an all-night lunch counter; but the majority of the doors belonged to business places that had long since been closed.

When about midway of a certain block the policeman suddenly slowed his walk. In the doorway of a darkened hardware store a man leaned, with an unlighted cigar in his mouth. As the policeman walked up to him the man spoke up quickly.

"It's all right, officer," he said, reassuringly. "I'm just waiting for a friend. It's an appointment made twenty years ago. Sounds a little funny to you, doesn't it? Well, I'll explain if you'd like to make certain it's all straight. About that long ago there used to be a restaurant where this store stands – 'Big Joe' Brady's restaurant."

"Until five years ago," said the policeman. "It was torn down then."

The man in the doorway struck a match and lit his cigar. The light showed a pale, square-jawed face with keen eyes, and a little white scar near his right eyebrow. His scarfpin was a large diamond, oddly set.

Nach zwanzig Jahren

Der Schutzmann vom Streifendienst ging in eindrucksvoller Haltung die Straße entlang. Diese Haltung entsprach seiner Natur und war nicht etwa Effekthascherei, und es gab auch kaum Zuschauer. Zwar war es noch nicht ganz zehn Uhr abends, aber kalte Windstöße, die nach Regen schmeckten, hatten die Straßen schon fast entvölkert.

Wie er so im Vorbeigehen prüfte, ob die Türen abgesperrt waren, wie er seinen Gummiknüppel in verschlungenen und kunstvollen Figuren herumwirbelte, wie er sich von Zeit zu Zeit umdrehte, um einen wachsamen Blick über die friedliche Straße zu werfen, war der Polizist mit seiner kräftigen Figur und seinem selbstbewußt lässigen Gang der Inbegriff des Friedenshüters. Es war ein Viertel, wo die Leute früh nach Hause gingen. Hin und wieder konnte man das Licht eines Zigarrenladens oder einer rund um die Uhr offenen Imbißstube sehen; aber die meisten Türen gehörten zu Geschäften, die schon längst geschlossen hatten.

Etwa von der Mitte eines bestimmten Häuserblockes an ging der Polizist plötzlich langsamer. Im Türeingang einer unbeleuchteten Eisenwarenhandlung lehnte ein Mann mit einer kalten Zigarre im Mund. Als der Polizist auf ihn zutrat, fing der Mann schnell zu reden an.

«Alles in Ordnung, Herr Wachtmeister», sagte er beschwichtigend. «Ich warte nur auf einen Freund. Wir haben uns vor zwanzig Jahren verabredet. Klingt etwas komisch, nicht wahr? Na, schön, ich will es Ihnen erklären, damit Sie sehen, daß alles mit rechten Dingen zugeht. Vor besagter Zeit war hier, wo jetzt dieser Laden ist, ein Restaurant – ‹Big Joe Bradys Restaurant›.»

«Bis vor fünf Jahren», sagte der Polizist. «Dann wurde es abgerissen.»

Der Mann an der Tür riß ein Streichholz an und gab seiner Zigarre Feuer. Das Licht fiel auf ein blasses Gesicht mit eckigen Kinnbacken, stechenden Augen und einer kleinen weißen Narbe über der rechten Augenbraue. Die Krawattennadel war ein großer, ungewöhnlich gefaßter Diamant.

"Twenty years ago to-night," said the man, "I dined here at 'Big Joe' Brady's with Jimmy Wells, my best chum, and the finest chap in the world. He and I were raised here in New York, just like two brothers, together. I was eighteen and Jimmy was twenty. The next morning I was to start for the West to make my fortune. You couldn't have dragged Jimmy out of New York; he thought it was the only place on earth. Well, we agreed that night that we would meet here again exactly twenty years from that date and time, no matter what our conditions might be or from what distance we might have to come. We figured that in twenty years each of us ought to have our destiny worked out and our fortunes made, whatever they were going to be."

"It sounds pretty interesting," said the policeman. "Rather a long time between meets, though, it seems to me. Haven't you heard from your friend since you left?"

"Well, yes, for a time we corresponded," said the other. "But after a year or two we lost track of each other. You see, the West is a pretty big proposition, and I kept hustling around over it pretty lively. But I know Jimmy will meet me here, if he's alive, for he always was the truest, stanchest old chap in the world. He'll never forget. I came a thousand miles to stand in this door to-night, and it's worth it if my old partner turns up."

The waiting man pulled out a handsome watch, the lids of it set with small diamonds.

"Three minutes to ten," he announced. "It was exactly ten o'clock when we parted here at the restaurant door."

"Did pretty well out West, didn't you?" asked the policeman.

"You bet! I hope Jimmy has done half as well. He
38 was a kind of plodder, though, good fellow as he was.
39 I've had to compete with some of the sharpest wits

«Heute abend vor zwanzig Jahren», erzählte der Mann, «aß ich hier bei ‹Big Joe Brady› zu Abend mit Jimmy Wells, meinem besten Freund und dem prächtigsten Kerl auf der Welt. Wir beide sind hier in New York wie Brüder zusammen aufgewachsen. Ich war achtzehn und Jimmy war zwanzig. Am nächsten Morgen wollte ich nach dem Westen, um mein Glück zu machen. Jimmy konnte man nicht aus New York rauskriegen; für ihn war es die einzige Stadt auf Erden. Nun, an diesem Abend machten wir aus, daß wir uns genau nach zwanzig Jahren am gleichen Tag und zur gleichen Stunde hier wieder treffen wollten, ganz gleich, in welchen Verhältnissen wir leben würden oder von wie weit her wir kommen müßten. Unser Gedanke war, daß in zwanzig Jahren jeder von uns seinen Weg gefunden und sein Glück gemacht haben würde, auf die eine oder andere Art.»

«Das klingt alles recht interessant», sagte der Polizist, «obwohl mir der Zeitraum zwischen Ihren Treffen ziemlich lang vorkommt. Haben Sie seit Ihrem Abschied nichts mehr von Ihrem Freund gehört?»

«Nun freilich, eine Zeitlang haben wir uns geschrieben», sagte der andere. «Aber nach einem oder zwei Jahren verloren wir die Verbindung zueinander. Wissen Sie, der Westen ist eine weitläufige Angelegenheit, und ich bin die ganze Zeit über hübsch weit darin herumgekommen. Aber ich weiß, daß Jimmy mich hier treffen wird, wenn er am Leben ist, denn er war immer der treueste, zuverlässigste Junge auf der Welt. Er vergißt es bestimmt nicht. Ich bin tausend Meilen gereist, um heute abend in dieser Tür zu stehen, aber wenn mein alter Freund auftaucht, hat es sich gelohnt.»

Der wartende Mann zog eine schöne Uhr hervor, deren Deckel mit kleinen Diamanten besetzt war.

«Drei Minuten vor zehn», sagte er feierlich. «Es war Punkt zehn, als wir uns hier an der Tür des Restaurants trennten.»

«Sie haben es im Westen ganz schön weit gebracht, nicht wahr?» fragte der Polizist.

«Kann man wohl sagen! Jimmy hoffentlich wenigstens halb so weit. Er war allerdings immer nur ein simpler Arbeiter, so sehr er sonst in Ordnung war. Ich mußte es oft mit den

going to get my pile. A man gets in a groove in New York. It takes the West to put a razor-edge on him."

The policeman twirled his club and took a step or two.

"I'll be on my way. Hope your friend comes around all-right. Going to call time on him sharp?"

"I should say not!" said the other. "I'll give him half an hour at least. If Jimmy is alive on earth he'll be here by that time. So long, officer."

"Good night, sir," said the policeman, passing on along his beat, trying doors as he went.

There was now a fine, cold drizzle falling, and the wind had risen from its uncertain puffs into a steady blow. The few foot passengers astir in that quarter hurried dismally and silently along with coat collars turned high and pocketed hands. And in the door of the hardware store the man who had come a thousand miles to fill an appointment, uncertain almost to absurdity, with the friend of his youth, smoked his cigar and waited.

About twenty minutes he waited, and then a tall man in a long overcoat, with collar turned up to his ears, hurried across from the opposite side of the street. He went directly to the waiting man.

"Is that you, Bob?" he asked doubtfully.

"Is that you, Jimmy Wells?" cried the man in the door.

"Bless my heart!" exclaimed the new arrival, grasping both the other's hands with his own. "It's Bob, sure as fate. I was certain, I did find you here if you were still in existence. Well, well, well! – twenty years is a long time. The old restaurant's gone, Bob; I wish it had lasted, so we could have had another dinner there. How has the West treated you, old man?"

"Bully; it has given me everything I asked it for.
40 You've changed lots, Jimmy. I never thought you
41 were so tall by two or three inches."

raffiniertesten Brüdern aufnehmen, um zu meinem Zaster zu kommen. In New York wird man leicht stur. Der Westen schärft einem Verstand und Sinne.»

Der Schutzmann wirbelte seinen Gummiknüppel und machte ein paar Schritte.

«Ich muß jetzt weiter. Ich hoffe, ihr Freund kommt auch wirklich. Werden Sie es mit der Uhrzeit sehr genau nehmen?»

«Aber nein doch!» sagte der andere. «Ich gebe ihm mindestens eine halbe Stunde. Wenn Jimmy noch lebt, ist er bis dahin hier. Wiedersehn, Herr Wachtmeister.»

«Gute Nacht, Sir», sagte der Polizist, setzte seine Runde fort und prüfte im Weitergehen die Türen.

Inzwischen hatte ein kalter Sprühregen eingesetzt, und aus den unregelmäßigen Windstößen war ein gleichmäßiges Wehen geworden. Die wenigen Fußgänger, die in diesem Viertel noch auf den Beinen waren, eilten verdrießlich und stumm ihres Weges, die Mantelkragen hochgeschlagen und die Hände in den Taschen. Und in der Tür der Eisenwarenhandlung wartete der Mann, der tausend Meilen gereist war, um eine fast lächerlich ungewisse Verabredung mit seinem Jugendfreund einzuhalten, und rauchte seine Zigarre.

Etwa zwanzig Minuten wartete er, da kam ein hochgewachsener Mann in einem langen Mantel, dessen Kragen er bis zu den Ohren hochgeschlagen hatte, über die Straße geeilt. Er ging direkt auf den wartenden Mann zu.

«Bist du es, Bob?» fragte er zögernd.

«Bist du's Jimmy Wells?» rief der Mann in der Tür.

«Ist das die Möglichkeit!» schrie der eben Angekommene und ergriff die beiden Hände des anderen. «Es ist Bob, so wahr ich hier stehe. Ich hab's doch gewußt, ich würde dich hier finden, wenn du noch am Leben bist. Ja, wahrhaftig! – Zwanzig Jahre sind eine lange Zeit. Das alte Lokal ist verschwunden, Bob; ich wollte, es wär noch da, dann hätten wir wieder gemeinsam darin abendessen können. Wie ist dir der Westen bekommen, alter Junge?»

«Prima; er hat mir alles gegeben, was ich von ihm wollte. Du hast dich mächtig verändert, Jimmy. Ich hatte dich etliche Zentimeter kleiner in Erinnerung.»

"Oh, I grew a bit after I was twenty."

"Doing well in New York, Jimmy?"

"Moderately. I have a position in one of the city departments. Come on, Bob; we'll go around to a place I know of, and have a good long talk about old times."

The two men started up the street, arm in arm. The man from the West, his egotism enlarged by success, was beginning to outline the history of his career. The other, submerged in his overcoat, listened with interest.

At the corner stood a drug store, brilliant with electric lights. When they came into this glare each of them turned simultaneously to gaze upon the other's face.

The man from the West stopped suddenly and released his arm.

"You're not Jimmy Wells," he snapped. "Twenty years is a long time, but not long enough to change a man's nose from a Roman to a pug."

"It sometimes changes a good man into a bad one," said the tall man. "You've been under arrest for ten minutes, 'Silky' Bob. Chicago thinks you may have dropped over our way and wires us she wants to have a chat with you. Going quietly, are you? That's sensible. Now, before we go to the station here's a note I was asked to hand to you. You may read it here at the window. It's from Patrolman Wells."

The man from the West unfolded the little piece of paper handed him. His hand was steady when he began to read, but it trembled a little by the time he had finished. The note was rather short:

Bob: I was at the appointed place on time. When you struck the match to light your cigar I saw it was the face of the man wanted in Chicago. Somehow I couldn't do it myself, so I went around and got a plain clothes man to do the job. Jimmy.

«Oh, nach meinem zwanzigsten Geburtstag bin ich noch etwas gewachsen.»

«Geht's dir gut in New York, Jimmy?»

«Einigermaßen. Ich habe eine Stelle in der Stadtverwaltung. Komm mit, Bob; ich weiß hier in der Nähe ein Lokal, wo wir uns gemütlich über die alten Zeiten unterhalten können.»

Die beiden Männer gingen Arm in Arm die Straße weiter. Der Mann aus dem Westen, dessen Selbstgefühl durch den Erfolg noch gesteigert worden war, begann in groben Umrissen von seiner Karriere zu erzählen. Der andere, tief in den Mantel verkrochen, hörte interessiert zu.

An der Ecke war ein Drugstore mit heller elektrischer Beleuchtung. Als sie in den Lichtschein traten, wandten sie sich gleichzeitig einander zu, um sich gegenseitig zu mustern.

Der Mann aus dem Westen blieb plötzlich stehen und machte seinen Arm frei.

«Sie sind nicht Jimmy Wells», stieß er böse hervor. «Zwanzig Jahre sind eine lange Zeit, aber nicht lange genug, um eine Adlernase in ein Mopsprofil zu verwandeln.»

«Aber manchmal verwandelt sie einen anständigen Menschen in einen schlechten», sagte der Hochgewachsene. «Sie sind seit zehn Minuten verhaftet, ‹Silky› Bob. Chicago meinte, daß Sie sich zu uns herüberschlagen würden, und schickte ein Telegramm, daß man sich dort ein bißchen mit Ihnen unterhalten möchte. Sie kommen ruhig mit, nicht wahr? So ist's brav. Bevor wir auf die Wache gehen: Hier ein Zettel, den ich Ihnen aushändigen soll. Sie können ihn hier am Schaufenster lesen. Er ist vom Schutzmann Wells.»

Der Mann aus dem Westen faltete das kleine Stück Papier auseinander, das er bekommen hatte. Seine Hand war ruhig, als er zu lesen begann, aber sie zitterte ein wenig, als er fertig war. Die Mitteilung war ziemlich kurz:

«Bob, ich war rechtzeitig am Treffpunkt. Als Du deine Zigarre anmachtest, sah ich im Streichholzlicht das Gesicht des Mannes, der in Chicago gesucht wird. Ich brachte es nicht übers Herz, es selbst zu tun, deshalb ging ich weg und bat einen Beamten in Zivil, es zu übernehmen. Jimmy.»

Mammon and the Archer

Old Anthony Rockwall, retired manufacturer and proprietor of Rockwall's Eureka Soap, looked out the library window of his Fifth Avenue mansion and grinned. His neighbour to the right – the aristocratic clubman, G. Van Schuylight Suffolk-Jones, – came out to his waiting motorcar, wrinkling a contumelious nostril, as usual, at the Italian renaissance sculpture of the soap palace's front elevation.

"Stuck-up old statuette of nothing doing!" commented the ex-soap King. "The Eden Musée'll get that old frozen Nesselrode yet if he don't watch out. I'll have this house painted red, white and blue next summer and see if that will make his Dutch nose turn up any higher."

And then Anthony Rockwall, who never cared for bells, went to the door of his library and shouted "Mike!" in the same voice that had once chipped off pieces of the welkin on Kansas prairies.

"Tell my son," said Anthony to the answering menial, "to come in here before he leaves the house."

When young Rockwall entered the library the old man laid aside his newspaper, looked at him with a kindly grimness on his big, smooth, ruddy countenance, rumpled his mop of white hair with one hand and rattled the keys in his pocket with the other.

"Richard," said Anthony Rockwall, "what do you pay for the soap that you use?"

Richard, only six months home from college, was startled a little. He had not yet taken the measure of this sire of his, who was as full of unexpectedness as a girl at her first party.

"Six dollars a dozen, I think, dad."

"And your clothes?"

"I suppose about sixty dollars, as a rule."

Geldgott und Liebesgott

Der alte Anthony Rockwall, der nunmehr privatisierende Fabrikant und Besitzer der Rockwall Eureka Seifenwerke, schaute aus dem Fenster der Bibliothek seines Prachthauses in der Fifth Avenue und grinste. Sein Nachbar rechter Hand – G. Van Schuylight Suffolk-Jones, Mitglied zahlreicher aristokratischer Clubs – trat aus dem Haus, stieg in sein bereitstehendes Automobil und rümpfte dabei wie immer verächtlich die Nase über die italienische Renaissanceplastik, welche die Fassade des Seifenpalastes zierte.

«Dieses eingebildete alte Denkmal der Faulheit!» bemerkte der ehemalige Seifenkönig. «Der alte Eisklotz kommt noch ins Panoptikum, wenn er nicht aufpaßt. Im nächsten Sommer lasse ich dieses Haus rot-weiß-blau streichen, vielleicht trägt er seine holländische Nase dann noch höher.»

Dann trat Anthony Rockwall, der sich nie mit Klingeln hatte befreunden können, an die Tür seiner Bibliothek und brüllte «Mike!» mit der gleichen Stimme, die einst den Himmel über den Grasebenen von Kansas hatte erzittern lassen.

«Sagen Sie meinem Sohn», befahl Anthony dem augenblicklich erscheinenden Diener, «er soll zu mir kommen, bevor er ausgeht.»

Als Rockwall jun. die Bibliothek betrat, legte der Alte seine Zeitung beiseite und betrachtete ihn mit einem Ausdruck grimmigen Wohlwollens auf seinem dicken, glatten, rosigen Gesicht, wobei er mit einer Hand seinen weißen Haarschopf zauste und mit der anderen seine Schlüssel in der Tasche klappern ließ.

«Richard», sagte Anthony Rockwall, «wieviel gibst du für deine Seife aus?»

Richard, der erst vor sechs Monaten vom College nach Hause zurückgekommen war, schien ein wenig verblüfft. Er kannte sich noch immer nicht aus mit seinem alten Herrn, der so unberechenbar war wie ein Mädchen auf seiner ersten Party.

«Sechs Dollar das Dutzend, glaube ich, Papa.»

«Und für einen Anzug?»

«Ich schätze, in der Regel ungefähr sechzig Dollar.»

"You're a gentleman," said Anthony, decidedly. "I've heard of these young bloods, spending $ 24 a dozen for soap, and going over the hundred mark for clothes. You've got as much money to waste as any of 'em, and yet you stick to what's decent and moderate. Now I use the old Eureka – not only for sentiment, but it's the purest soap made. Whenever you pay more than 10 cents a cake for soap you buy bad perfumes and labels. But 50 cents is doing very well for a young man in your generation, position and condition. As I said, you're a gentleman. They say it takes three generations to make one. They're off. Money'll do it as slick as soap grease. It's made you one. By hokey! it's almost made one of me. I'm nearly as impolite and disagreeable and ill-mannered as these two old knickerbocker-gents on each side of me that can't sleep of nights because I bought in between 'em."

"There are some things that money can't accomplish," remarked Young Rockwall rather gloomily.

"Now, don't say that," said old Anthony, shocked. "I bet my money on money every time. I've been through the encyclopaedia down to Y looking for something you can't buy with it; and I expect to have to take up the appendix next week. I am for money against the field. Tell me something money won't buy."

"For one thing," answered Richard, rankling a little, "it won't buy one into the exclusive circles of society."

"Oho! won't it?" thundered the champion of the root of evil. "You tell me where your exclusive circles would be if the first Astor hadn't had the money to pay for his steerage passage over?"

Richard sighed.

"And that's what I was coming to," said the old
46 man, less boisterously. "That's why I asked you to
47 come in. There's something going wrong with you,

«Du bist ein Gentleman», sagte Anthony mit Entschiedenheit. «Ich habe da von jungen Leuten gehört, die vierundzwanzig Dollar für Seife bezahlen und für einen Anzug bis über hundert gehen. Du hast so viel Geld zu verjubeln wie nur irgendeiner von ihnen, und doch bleibst du einfach und maßvoll. Ich für mein Teil benütze die alte Eureka – nicht nur gefühlshalber, sondern weil sie die reinste Seife auf dem Markt ist. Sobald man über zehn Cent für ein Stück Seife ausgibt, zahlt man das schlechte Parfum und den Namen mit. Aber fünfzig Cent ist in Ordnung für einen jungen Mann deiner Generation, Stellung und Verhältnisse. Du bist eben ein Gentleman. Es heißt, daß drei Generationen dazu gehören, um einen hervorzubringen. Die sind nun abgelaufen. Mit Geld geht das wie geschmiert. Geld hat aus dir einen gemacht. Zum Henker! Es hätte beinahe aus mir noch einen gemacht. Ich bin doch fast ebenso unhöflich, ekelhaft und ruppig wie die zwei alten Aristokraten links und rechts von mir, die nachts nicht schlafen können, weil ich mich zwischen sie hineingesetzt habe.»

«Es gibt aber manches, was man mit Geld nicht erreichen kann», bemerkte der junge Mann etwas niedergeschlagen.

«Das ist doch nicht dein Ernst!» sagte der Alte entrüstet. «Auf Geld setze ich nach wie vor jeden Betrag. Ich habe das Konversationslexikon schon bis zum Y durchgekämmt, um etwas zu finden, das man nicht damit kaufen kann; nächste Woche werde ich mit den Ergänzungsbänden anfangen müssen. Ich setze auf Geld, und zwar gegen jede Konkurrenz. Sag doch, wozu Geld einem nicht verhilft!»

«Um nur eins zu nennen», antwortete Richard bitter, «es verschafft einem nicht den Zutritt zu den exklusiven Kreisen der Gesellschaft.»

«Oho! Wieso nicht?» verteidigte der Alte mit Donnerstimme die Wurzel allen Übels. «Sag mir doch, wo deine exklusiven Kreise wären, wenn der erste Astor nicht das Geld gehabt hätte, im Zwischendeck den Atlantik zu überqueren?»

Richard seufzte.

«Nun, darauf wollte ich zu sprechen kommen», sagte der Alte, weniger ungestüm. «Deswegen habe ich dich hereingebeten. Mit dir stimmt was nicht, Junge. Ich beobachte es schon

boy. I've been noticing it for two weeks. Out with it. I guess I could lay my hands on eleven millions within twenty-four hours besides the real estate. If it's your liver, there's the Rambler down in the bay, coaled, and ready to steam down to the Bahamas in two days."

"Not a bad guess, dad; you haven't missed it far."

"Ah," said Anthony keenly; "what's her name?"

Richard began to walk up and down the library floor. There was enough comradeship and sympathy in this crude old father of his to draw his confidence.

"Why don't you ask her?" demanded old Anthony. "She'll jump at you. You've got the money and the looks and you're a decent boy. Your hands are clean. You've got no Eureka soap on 'em. You've been to college, but she'll overlook that."

"I havn't had a chance," said Richard.

"Make one," said Anthony. "Take her for a walk in the park, or a straw ride, or walk home with her from church. Chance! Pshaw!"

"You don't know the social mill, dad. She's part of the stream that turns it. Every hour and minute of her time is arranged for days in advance. I must have that girl, dad, or this town is a blackjack swamp forevermore. And I can't write it – I can't do that."

"Tut!" said the old man. "Do you mean to tell me that with all the money I've got you can't get an hour or two of a girl's time for yourself?"

"I've put it off too late. She's going to sail for Europe at noon day after to-morrow for a two years' stay. I'm to see her alone to-morrow evening for a few minutes. She's at Larchmont now at her aunt's. I can't go there. But I'm allowed to meet her with a cab at the Grand Central Station to-morrow evening at the 8.30 train. We drive down Broadway to Wallack's at a gallop where her mother and a boxparty will be waiting for us in the lobby. Do you think she would listen to a declaration from me during that

seit vierzehn Tagen. Heraus damit! Ich schätze, ich könnte in vierundzwanzig Stunden elf Millionen zur Verfügung haben, abgesehen von den Liegenschaften. Wenn es deine Leber ist, der *Rambler* liegt unten in der Bucht, mit vollen Kohlenbunkern; er kann in zwei Tagen die Bahama-Inseln anlaufen.»

«Nicht schlecht geraten, Papa; du hast nicht sehr weit daneben getroffen.»

«Ah», sagte Anthony lebhaft, «wie heißt sie?»

Richard begann, auf und ab zu schreiten. Er spürte genug kameradschaftliche Anteilnahme hinter der rauhen Schale seines alten Vaters, um ihn ins Vertrauen zu ziehen.

«Warum fragst du sie nicht?» wollte Anthony wissen. «Sie wird auf dich fliegen. Du hast Geld, siehst gut aus und bist ein anständiger Kerl. Deine Hände sind sauber. Es klebt keine Eureka-Seife an ihnen. Du bist ins College gegangen, aber das wird sie gern hinnehmen.»

«Ich hatte noch keine Gelegenheit», sagte Richard.

«Dann führe eine herbei», sagte Anthony. «Mach mit ihr einen Spaziergang im Park, fahr mit ihr aus, oder begleite sie von der Kirche nach Hause! Gelegenheit! Daß ich nicht lache!»

«Du kennst die Mühle der Gesellschaft nicht, Papa. Und das Mädchen gehört zu dem Bach, der die Mühle umtreibt. Jede Stunde und jede Minute ihrer Zeit ist auf Tage voraus reserviert. Ich muß sie haben, Papa, oder ich halte es in diesem Drecksnest von Stadt nicht mehr aus. Und ich kann es ihr nicht schreiben – das kann ich einfach nicht.»

«Na, na!» sagte der Alte. «Du willst mir doch nicht weismachen, daß du mit all meinem Geld nicht eine oder zwei Stunden von der Zeit eines Mädchens ergattern kannst.»

«Ich habe es zu lange hinausgeschoben. Übermorgen mittag fährt sie auf zwei Jahre nach Europa. Morgen abend werde ich noch ein paar Minuten mit ihr allein sprechen können. Sie ist jetzt bei ihrer Tante in Larchmont. Ich kann sie dort nicht aufsuchen. Aber ich darf sie morgen abend mit einer Droschke am Hauptbahnhof abholen, wo sie mit dem 8.30-Uhr-Zug ankommt. Wir fahren dann im Galopp den Broadway hinunter zum Wallack-Theater, wo ihre Mutter mit ihren Logengästen im Foyer auf uns wartet. Glaubst du, sie würde während dieser

six or eight minutes under those circumstances? No. And what chance would I have in the theatre or afterward? None. No, dad, this is one tangle that your money can't unravel. We can't buy one minute of time with cash; if we could, rich people would live longer. There's no hope of getting a talk with Miss Lantry before she sails."

"All right, Richard, my boy," said old Anthony cheerfully. "You may run along down to your club now. I'm glad it ain't your liver. But don't forget to burn a few punk sticks in the joss house to the great god Mazuma from time to time. You say money won't buy time? Well, of course, you can't order eternity wrapped up and delivered at your residence for a price, but I've seen Father Time get pretty bad stone bruises on his heels when he walked through the gold diggings."

That night came Aunt Ellen, gentle, sentimental, wrinkled, sighing, oppressed by wealth, in to Brother Anthony at his evening paper, and began discourse on the subject of lovers' woes.

"He told me all about it," said Brother Anthony, yawning, "I told him my bank account was at his service, and then be began to knock money, said money couldn't help. Said the rules of society couldn't be bucked for a yard by a team of ten-millionaires."

"O, Anthony," sighed Aunt Ellen, "I wish you would not think so much of money. Wealth is nothing where a true affection is concerned. Love is all-powerful. If he only had spoken earlier she could not have refused our Richard. But now I fear it is too late. He will have no opportunity to address her. All your gold cannot bring happiness to your son."

At eight o'clock the next evening Aunt Ellen took a quaint old gold ring from a moth-eaten case and gave it to Richard.

sechs bis acht Minuten unter solchen Umständen meine Liebeserklärung anhören? Nein. Und welche Chance habe ich im Theater oder danach? Keine. Nein, Papa, dieses Knäuel kann dein Geld nicht entwirren. Nicht eine Minute Zeit kann man gegen bare Kasse kaufen; könnte man's, so würden reiche Leute länger leben. Ich habe keine Hoffnung mehr, mit Miß Lantry vor ihrer Abreise zu sprechen.»

«Schon gut, Richard, mein Junge», sagte der Alte aufgeräumt. «Geh jetzt nur in deinen Club rüber. Ich bin froh, daß es nicht deine Leber ist. Aber vergiß nicht, von Zeit zu Zeit dem großen Mammon im Tempel ein paar Räucherstäbchen abzubrennen. Du hast gesagt, daß Zeit sich nicht mit Geld kaufen läßt? Schön, du hast recht: Man kann nicht etwa das ewige Leben bestellen und sich wohlverpackt ins Haus liefern lassen; aber ich habe schon erlebt, daß die liebe Zeit, wenn sie über Goldfelder gehen mußte, sich ganz hübsch die Füße wundgelaufen hat.»

Am selben Abend kam Tante Ellen, sanftmütig, gefühlvoll, runzelig und stets unter der Last des Reichtums seufzend, zu ihrem Bruder Anthony, der gerade seine Abendzeitung las, und hob an, über das Thema Liebeskummer zu dozieren.

«Er hat mir alles erzählt», sagte ihr Bruder Anthony gähnend. «Ich habe ihm mein Bankkonto zur Verfügung gestellt, da begann er auf das Geld zu schimpfen und sagte, Geld nütze ihm nichts. Nicht einmal mehrere Multimillionäre gemeinsam könnten die Regeln der Gesellschaft auch nur einen Fingerbreit verrücken.»

«O, Anthony», seufzte Tante Ellen, «ich wollte, du hieltest nicht so viel vom Geld. Reichtum zählt nichts, wo es sich um wahre Leidenschaft handelt. Die Liebe ist allmächtig. Hätte Richard nur früher gesprochen, das Mädchen hätte unseren Jungen nicht abweisen können. Aber jetzt, fürchte ich, ist es zu spät. Er wird keine Gelegenheit mehr haben, sie anzusprechen. Dein ganzes Gold kann deinen Sohn nicht glücklich machen.»

Am nächsten Abend um acht Uhr nahm Tante Ellen einen altmodischen Goldring aus einer mottenzerfressenen Schatulle und gab ihn Richard.

"Wear it to-night, nephew," she begged. "Your mother gave it to me. Good luck in love she said it brought. She asked me to give it to you when you had found the one you loved."

Young Rockwall took the ring reverently and tried it on his smallest finger. It slipped as far as the second joint and stopped. He took it off and stuffed it into his vest pocket after the manner of man. And then he 'phoned for his cab.

At the station he captured Miss Lantry out of the gabbing mob at eight thirty-two.

"We mustn't keep Mamma and the others waiting," said she.

"To Wallack's theatre as fast as you can drive!" said Richard loyally.

They whirled up Forty-second to Broadway, and then down the white-starred lane that leads from the soft meadows of sunset to the rocky hills of morning.

At Thirty-fourth Street young Richard quickly thrust up the trap and ordered the cabman to stop.

"I've dropped a ring," he apologized, as he climbed out. "It was my mother's, and I'd hate to lose it. I won't detain you a minute – I saw where it fell."

In less than a minute he was back in the cab with the ring.

But within that minute a crosstown car had stopped directly in front of the cab. The cabman tried to pass to the left, but a heavy express wagon cut him off. He tried the right and had to back away from a furniture van that had no business to be there. He tried to back out, but dropped his reins and swore dutifully. He was blockaded in a tangled mess of vehicles and horses.

One of those street-blockades had occurred that sometimes tie up commerce and movement quite suddenly in the big city.

«Trag ihn heute abend, lieber Neffe», bat sie ihn. «Er ist von deiner Mutter. Sie sagte, er bringe Glück in der Liebe, und bat mich, ihn dir zu geben, wenn du diejenige gefunden hättest, die du liebst.»

Ehrerbietig nahm der junge Rockwall den Ring und probierte ihn am kleinen Finger. Der Ring glitt bis zum zweiten Glied und blieb dann stecken. Richard nahm ihn ab und steckte ihn in seine Westentasche, wie es nur ein Mann tun kann. Dann ging er ans Telefon und bestellte eine Pferdedroschke.

Am Bahnhof holte er um 8.32 Uhr Miss Lantry aus einem lärmenden Menschengewühl.

«Wir dürfen Mama und die anderen nicht warten lassen», sagte sie.

«Zum Wallack-Theater, so schnell Sie fahren können!» sagte Richard getreulich.

In Windeseile kutschierten sie die Zweiundvierzigste hinauf zum Broadway und dann diese lichterglänzende Straße entlang, die von den weichen Wiesen im Westen zu den felsigen Hügeln im Osten führt.

An der Vierunddreißigsten Straße stieß Richard plötzlich das Klappfenster auf und ließ den Kutscher anhalten.

«Mir ist ein Ring hinausgefallen», sagte er zur Entschuldigung beim Aussteigen. «Er ist von meiner Mutter, und es wäre mir arg, ihn zu verlieren. Ich halte Sie nicht lange auf – ich weiß, wohin er gefallen ist.»

In weniger als einer Minute war er mit dem Ring wieder in der Kutsche.

Aber während dieser Minute hatte ein Stadtomnibus unmittelbar vor der Droschke angehalten. Der Kutscher versuchte, links an ihm vorbeizukommen, aber ein schwerer Lieferwagen schnitt ihm den Weg ab. Er versuchte es rechts, da mußte er einen Möbelwagen vorbeilassen, der dort gar nichts zu suchen hatte. Er wollte zurückstoßen, aber dann ließ er die Zügel fallen und fluchte zünftig. Er war eingepfercht in ein wirres Durcheinander von Fahrzeugen und Pferden.

Es war eine jener Verkehrsstockungen, die manchmal urplötzlich das ganze Leben und Treiben in einer großen Stadt lahmlegen.

"Why don't you drive on?" said Miss Lantry, impatiently. "We'll be late."

Richard stood up in the cab and looked around. He saw a congested flood of wagons, trucks, cabs, vans and streetcars filling the vast space where Broadway, Sixth Avenue and Thirty-fourth Street cross one another as a twenty-six inch maiden fills her twenty-two inch girdle.

And still from all the cross-streets they were hurrying and rattling towards the converging point at full speed, and hurling themselves into the straggling mass, locking wheels and adding their drivers' imprecations to the clamor. The entire traffic of Manhattan seemed to have jammed itself around them. The oldest New Yorker among the thousands of spectators that lined the sidewalks hat no witnessed a street blockade of the proportions of this one.

"I'm very sorry," said Richard, as he resumed his seat, "but it looks as if we are stuck. They won't get this jumble loosened up in an hour, it was my fault. If I hadn't dropped the ring, we –"

"Let me see the ring," said Miss Lantry. "Now that it can't be helped I don't care. I think theatres are stupid, anyway."

At eleven o'clock that night somebody tapped lightly on Anthony Rockwall's door.

"Come in," shouted Anthony, who was in a red dressing-gown, reading a book of piratical adventures.

Somebody was Aunt Ellen looking like a gray-haired angel that had been left on earth by mistake.

"They're engaged, Anthony," she said softly. "She has promised to marry our Richard. On their way to the theatre there was a street-blockade, and it was two hours before their cab could get out of it.

"And oh, Brother Anthony, don't ever boast of the

«Warum fahren Sie nicht weiter?» fragte Miss Lantry ungeduldig. «Wir werden uns verspäten.»

Richard erhob sich von seinem Sitz und blickte nach allen Seiten. Den weiten Platz, wo Broadway, Sixth Avenue und Vierunddreißigste Straße sich kreuzen, hatte eine Flut von Lieferwagen, Lastwagen, Droschken, Möbelwagen und Straßenbahnen vollgestaut – wie wenn sich ein Mädchen mit Taillenweite sechsundsechzig in ein Korsett für Taillenweite sechsundfünfzig zwängt. Und noch immer rollten und ratterten sie aus allen angrenzenden Straßen mit voller Geschwindigkeit auf den Sammelpunkt zu, preschten hinein in das Getümmel, blockierten ihre Räder und verstärkten den allgemeinen Tumult mit den Verwünschungen ihrer Fahrer. Es war, als hätte sich der ganze Verkehr von Manhattan um sie herum festgefressen. Der älteste New Yorker unter den Tausenden von Zuschauern, welche die Straße säumten, hatte noch nie eine Verkehrsstockung von solchen Ausmaßen erlebt.

«Es tut mir wirklich leid», sagte Richard, als er seinen Sitz wieder einnahm, «aber es sieht so aus, als ob wir hier festsäßen. Dieser Wirrwarr wird sich in einer Stunde noch nicht auflösen. Es war meine Schuld. Hätte ich nicht den Ring fallen lassen, so –»

«Lassen Sie mich den Ring sehen», sagte Miss Lantry. «Jetzt, wo sich doch nichts mehr ändern läßt, ist es mir gleich. Ich finde Theater sowieso langweilig.»

In dieser Nacht um elf Uhr klopfte jemand leise an Anthony Rockwalls Tür.

«Herein», schrie Anthony, der in einen roten Schlafmantel gehüllt ein Seeräuberbuch las.

Der Jemand war Tante Ellen. Sie sah aus wie ein grauhaariger Engel, der aus Versehen auf der Erde zurückgeblieben war.

«Sie sind verlobt, Anthony», sagte sie leise. «Sie hat versprochen, unseren Richard zu heiraten. Auf ihrem Weg zum Theater gerieten sie in eine Verkehrsstockung, so daß ihre Droschke erst zwei Stunden später weiterfahren konnte.

Und hör zu, lieber Bruder, prahle nie wieder mit der Macht

power of money again. A little emblem of true love – a little ring that symbolized unending and unmercenary affection – was the cause of our Richard finding his happiness. He dropped it in the street, and got out to recover it, and before they could continue the blockade occurred. He spoke to his love and won her there while the cab was hemmed in. Money is dross compared with true love, Anthony."

"All right," said old Anthony, "I'm glad the boy has got what he wanted. I told him I wouldn't spare any expense in the matter if –"

"But, Brother Anthony, what good could your money have done?"

"Sister," said Anthony Rockwall. "I've got my pirate in a devil of a scrape. His ship has just been scuttled, and he's too good a judge of the value of money to let drown. I wish you would let me go on with this chapter."

The story should end here. I wish it would as heartily as you who read it wish it did, but we must go to the bottom of the well. The next day a person with red hands and a blue polka-dot necktie who called himself Kelly called at Anthony Rockwall's house and was at once received in the library.

"Well," said Anthony, reaching for his checkbook, "it was a good bilin' of soap. Let's see – you had $ 5000 in cash."

"I paid out $ 300 more of my own," said Kelly. "I had to go a little above the estimate. I got the express wagons and cabs mostly for $ 5; but the trucks and two-horse teams mostly raised me to $ 10. The motormen wanted $ 10, and some of the loaded teams $ 20. The cops struck me hardest – $ 50 I paid two, and the rest $ 20 and $ 25. But didn't it work beautiful, Mr. Rockwall? I'm glad William A. Brady wasn't onto that little outdoor vehicle mob scene. I wouldn't want William to break his heart

des Geldes! Ein kleines Zeichen echter Liebe – ein kleiner Ring, Symbol ewiger und selbstloser Hingabe – hat unserem Richard zu seinem Glück verholfen. Er ließ ihn auf die Straße fallen und stieg aus, um ihn wieder zu holen, und bevor sie weiterfahren konnten, kam es zu dem Stau. Er sprach zu seiner Liebsten und gewann ihr Herz, während die Droschke von allen Seiten eingepfercht war. Verglichen mit wahrer Liebe ist Geld eben doch nur Schrott, Anthony.»

«Schon gut», sagte der Alte, «ich bin froh, daß der Junge nun hat, was er wollte. Ich versprach ihm, keine Kosten in der Angelegenheit zu scheuen, wenn –»

«Aber mein lieber Anthony, was hätte dein Geld denn nützen können?»

«Schwester», sagte Anthony Rockwall. «Mein Pirat steckt gerade in einer verteufelten Klemme. Sein Schiff ist soeben angebohrt worden, und er weiß den Wert des Geldes zu gut zu schätzen, als daß er es absaufen lassen möchte. Ich wäre froh, du ließest mich dieses Kapitel weiterlesen.»

Hier sollte die Geschichte eigentlich aufhören. Dies wäre mein Herzenswunsch, wie es wohl auch der meiner Leser ist, doch wir müssen den Dingen auf den Grund gehen. Tags darauf nämlich sprach bei Anthony Rockwall ein Mensch mit roten Händen und einer blaugetupften Krawatte vor, der sich Kelly nannte; er wurde sogleich im Bibliothekszimmer empfangen.

«Na», sagte Anthony und griff nach seinem Scheckbuch, «da haben wir eine gute Seife gekocht. Mal sehen – Sie hatten also fünftausend Dollar in bar.»

«Ich habe noch dreihundert Dollar draufgelegt», sagte Kelly. «Ich mußte den Voranschlag ein wenig überschreiten. Die Lieferwagen und Droschken bekam ich meist für fünf Dollar; aber die Lastwagen und Zweispänner waren kaum unter zehn zu haben. Die Chauffeure verlangten zehn, und ein paar Lastzüge zwanzig. Die Polizisten haben mich am meisten strapaziert – zweien zahlte ich fünfzig, den anderen zwanzig und fünfundzwanzig Dollar. Aber hat es nicht prima geklappt, Mr. Rockwall? Ich bin froh, daß der William A. Brady vom Film bei dieser hübschen Verkehrsmassenszene nicht zugegen war. Ihm

with jealousy. And never a rehearsal either! The boys was on time to the fraction of a second. It was two hours before a snake could get below Greeley's statue."

"Thirteen hundred – there you are, Kelly," said Anthony, tearing off a check. "Your thousand and the $ 300 you were out. You don't despise money, do you, Kelly?"

"Me?" said Kelly. "I can lick the man that invented poverty."

Anthony called Kelly when he was at the door.

"You didn't notice," said he, "anywhere in the tie-up a kind of a fat boy without any clothes on shooting arrows with a bow, did you?"

"Why, no," said Kelly, mystified. "I didn't. If he was like you say, maybe the cops pinched him before I got there."

"I thought the little rascal wouldn't be on hand," chuckled Anthony, "Good-bye, Kelly."

wäre das Herz vor Neid zersprungen, und das täte mir leid. Und ohne jede Probe! Die Jungs waren auf den Bruchteil der Sekunde pünktlich. Zwei Stunden lang hätte sich keine Blindschleiche zum Greely-Denkmal durchwinden können.»

«Hier haben Sie dreizehnhundert, Kelly», sagte Anthony und riß einen Scheck ab. «Tausend für Sie und die dreihundert, die Sie ausgelegt haben. Sie sind doch kein Geldverächter, Kelly, wie?»

«Ich?» sagte Kelly. «Den Kerl, der die Armut erfunden hat, könnte ich verdreschen.»

Als Kelly an der Türe war, rief ihn Anthony zurück.

«Sie haben doch nicht etwa», sagte er, «irgendwo in dem Gedränge einen fetten Nackedei gesehen, der mit Pfeil und Bogen herumschoß, oder?»

«Wieso, nein», sagte Kelly verdutzt. «Bestimmt nicht. Wenn er so ausgesehen hat, wie Sie sagen, hat ihn vielleicht die Polizei geschnappt, bevor ich kam.»

«Klar, daß der Schlingel nicht zur Stelle war», lachte Anthony vergnügt. «Wiedersehn, Kelly.»

The Cop and the Anthem

On his bench in Madison Square Soapy moved uneasily. When wild geese honk high of nights, and when women without sealskin coats grow kind to their husbands, and when Soapy moves uneasily on his bench in the park, you may know that winter is near at hand.

A dead leaf fell in Soapy's lap. That was Jack Frost's card. Jack ist kind to the regular denizens of Madison Square, and gives fair warning of his annual call. At the corners of four streets he hands his pasteboard to the North Wind, footman of the mansion of All Outdoors, so that the inhabitants thereof may make ready.

Soapy's mind became cognizant of the fact that the time had come for him to resolve himself into a singular Committee of Ways and Means to provide against the coming rigor. And therefore he moved uneasily on his bench.

The hibernatorial ambitions of Soapy were not of the highest. In them were no considerations of Mediterranean cruises, of soporific Southern skies or drifting in the Vesuvian Bay. Three months on the Island was what his soul craved. Three months of assured board and bed and congenial company, safe from Boreas and bluecoats, seemed to Soapy the essence of things desirable.

For years the hospitable Blackwell's had been his winter quarters. Just as his more fortunate fellow New Yorkers had bought their tickets to Palm Beach and the Riviera each winter, so Soapy had made his humble arrangements for his annual hegira to the Island. And now the time was come. On the previous night three Sabbath newspapers, distributed beneath his coat, about his ankles and over his lap, had failed to repulse the cold as he slept on his bench near the spurting fountain in the ancient square. So the Island

Der Schutzmann und der Choral

Soapy rutschte unruhig auf seiner Bank im Madison-Park hin und her. Wenn die Wildgänse am nächtlichen Himmel kreischen, wenn Frauen, die keinen Pelzmantel haben, plötzlich nett zu ihren Männern werden, und wenn Soapy auf seiner Bank im Park unruhig hin und her rutscht, dann weiß man, daß der Winter vor der Tür steht.

Ein welkes Blatt fiel in Soapys Schoß. Das war Vater Frosts Visitenkarte. Vater Frost meint es gut mit den ständigen Bewohnern des Madison-Parks und warnt sie zeitig vor seinem alljährlichen Besuch. An den Ecken der vier Straßen überreicht er seine Karten dem Nordwind, dem Lakai im weiten Haus der Natur, so daß dessen Bewohner sich vorbereiten können.

Soapy wurde sich darüber klar, daß es Zeit für ihn geworden war, sich zu einem Ein-Mann-Ausschuß zur Erwägung der Mittel und Wege gegen die kommende Kälte zusammenzufinden. Und deshalb rutschte er so unruhig auf seiner Bank hin und her.

Soapys winterliches Planziel war nicht sehr hoch gesteckt. An eine Mittelmeerreise, an den einschläfernden südlichen Himmel oder an eine Bootsfahrt im Golf von Neapel dachte er nicht. Drei Monate Gefängnis auf der Insel: das war alles, was sein Herz begehrte. Drei Monate gesicherte Kost und Unterkunft im Kreise Gleichgestellter, geschützt vor Nordwind und Polizei, das war für Soapy der Inbegriff alles Wünschenswerten.

Seit Jahren schon war das gastfreundliche Blackwell-Gefängnis sein Winterquartier. Ebenso wie die wohlhabenderen New Yorker Mitbürger jeden Winter ihre Fahrkarten nach Palm Beach oder an die Riviera lösten, traf Soapy seine bescheidenen Vorbereitungen für die alljährliche Flucht auf die Insel. Und jetzt war es wieder Zeit dafür. In der Nacht zuvor hatten die Wochenendausgaben von drei Zeitungen, die Soapy sich unter die Jacke geschoben, um die Knöchel gewickelt und über die Knie gebreitet hatte, nicht die Kälte abwehren können, als er auf seiner Bank neben dem plätschernden Springbrunnen

loomed big and timely in Soapy's mind. He scorned the provisions made in the name of charity for the city's dependents. In Soapy's opinion the Law was more benign than Philanthropy. There was an endless round of institutions, municipal and eleemosynary, on which he might set out and receive lodging and food accordant with the simple life. But to one of Soapy's proud spirit the gifts of charity are encumbered. If not in coin you must pay in humiliation of spirit for every benefit received at the hands of philanthropy. As Caesar had his Brutus, every bed of charity must have its toll of a bath, every loaf of bread its compensation of a private and personal inquisition. Wherefore it is better to be a guest of the law, which, though conducted by rules, does not meddle unduly with a gentleman's private affairs.

Soapy, having decided to go to the Island, at once set about accomplishing his desire. There were many easy ways of doing this. The pleasantest was to dine luxuriously at some expensive restaurant; and then, after declaring insolvency, be handed over quietly and without uproar to a policeman. An accommodating magistrate would do the rest.

Soapy left his bench and strolled out of the square and across the level sea of asphalt, where Broadway and Fifth Avenue flow together. Up Broadway he turned, and halted at a glittering café, where are gathered together nightly the choicest products of the grape, the silkworm, and the protoplasm.

Soapy had confidence in himself from the lowest button of his vest upward. He was shaven, and his coat was decent and his neat black, ready-tied four-in-hand had been presented to him by a lady missionary on Thanksgiving Day. If he could reach a table in the restaurant unsuspected success would be his. The portion of him that would show above the table would raise no doubt in the waiter's mind. A roasted mallard duck, thought Soapy, would be

in dem alten Park schlief. Deshalb erschien das Inselgefängnis groß und verlockend in seiner Vorstellung. Er verschmähte die Vorkehrungen, welche die Stadt im Namen der Nächstenliebe für ihre Bürger getroffen hatte. In seinen Augen war das Gesetz von größerer Güte als die Menschenfreundlichkeit. Es gab eine Unzahl städtischer und karitativer Einrichtungen, wohin er hätte gehen können, um Essen und Obdach für bescheidene Ansprüche zu erhalten. Aber stolz wie er war, fand er die milden Gaben mit manch lästiger Bedingung verknüpft. Für jede Wohltat aus mildtätiger Hand muß man bezahlen – nicht mit Geld, aber mit demutsvollem Verhalten. So wie zu Cäsar Brutus gehörte, so gibt es in einer Fürsorgeanstalt kein Bett ohne vorausentrichtetes Bad und keinen Laib Brot ohne die intimste Gehirnwäsche. Daher fährt man besser als Gast des Gesetzes, das, wenngleich an Vorschriften gebunden, nicht ungebührlich in das Privatleben eines freien Mannes eingreift.

Nachdem sich Soapy entschlossen hatte, auf die Insel zu gehen, machte er sich sogleich daran, seinen Wunsch zu erfüllen. Dazu gab es viele einfache Wege. Der angenehmste war ein lukullisches Abendessen in einem teuren Lokal; danach brauchte man nur seine Zahlungsunfähigkeit zu erklären und sich ruhig und ohne Krawall einem Polizisten übergeben zu lassen. Ein entgegenkommender Richter erledigte dann schon den Rest.

Soapy stand auf, verließ gemächlichen Schrittes den Park und überquerte die glatte Asphaltfläche, wo sich der Broadway mit der Fifth Avenue vereint. Er ging den Broadway entlang und blieb vor einem eleganten Café stehen, das allabendlich den erlesensten Produkten des Weinbaus, der Seidenzucht und der Gattung Mensch als Treffpunkt diente.

Vom untersten Knopf seiner Weste nach oben war Soapy sich seiner sicher. Er war rasiert, seine Jacke war ganz ordentlich, und seine schmucke schwarze Patent-Krawatte hatte er von einer Dame der Inneren Mission am Thanksgiving Day geschenkt bekommen. Konnte er, ohne Argwohn zu erregen, einen Tisch im Restaurant erreichen, so hatte er gewonnen. Was von ihm über dem Tisch zu sehen sein würde, könnte bei dem Kellner keinerlei Bedenken aufkommen lassen.

about the thing – with a bottle of Chablis, and then Camembert, a demi-tasse and a cigar. One dollar for the cigar would be enough. The total would not be so high as to call forth any supreme manifestation of revenge from the café management; and yet the meat would leave him filled and happy for the journey to his winter refuge.

But as Soapy set foot inside the restaurant door the head waiter's eye fell upon his frayed trousers and decadent shoes. Strong and ready hands turned him about and conveyed him in silence and haste to the sidewalk and averted the ignoble fate of the menaced mallard.

Soapy turned off Broadway. It seemed that his route to the coveted Island was not to be an epicurean one. Some other way of entering limbo must be thought of.

At a corner of Sixth Avenue electric lights and cunningly displayed wares behind plate-glass made a shop window conspicuous. Soapy took a cobblestone and dashed it through the glass. People came running around the corner, a policeman in the lead. Soapy stood still, with his hands in his pockets, and smiled at the sight of brass buttons.

"Where's the man that done that?" inquired the officer, excitedly.

"Don't you figure out that I might have had something to do with it?" said Soapy, not without sarcasm, but friendly, as one greets good fortune.

The policeman's mind refused to accept Soapy even as a clue. Men who smash windows do not remain to parley with the law's minions. They take to their heels.

The policeman saw a man halfway down the block running to catch a car. With drawn club he joined in the pursuit. Soapy, with disgust in his heart, loafed along, twice unsuccessful.

On the opposite side of the street was a restaurant

Eine gebratene Wildente, so dachte Soapy, wäre gerade das richtige, dazu eine Flasche Chablis, hinterher Camembert, Mokka und eine Zigarre. Eine Zigarre zu einem Dollar dürfte genügen. Die Rechnung würde nicht so hoch werden, um einen übertriebenen Racheakt der Geschäftsleitung herauszufordern; aber mit dem Fleisch im Bauch könnte er satt und zufrieden in sein Winterasyl abreisen.

Doch als Soapy das Restaurant betrat, fiel der Blick des Herrn Ober auf seine abgewetzten Hosen und heruntergekommenen Schuhe. Und da drehten ihn auch schon kräftige Fäuste um die eigene Achse, beförderten ihn leise und schnell auf den Gehsteig und bewahrten somit die bedrohte Wildente vor unwürdigem Schicksal.

Soapy wandte sich vom Broadway ab. Es sah nicht so aus, als sei die Straße zu der ersehnten Insel mit leiblichen Genüssen gepflastert. Er mußte sich einen anderen Weg ins Kittchen ausdenken.

An einer Ecke in der Sixth Avenue war ein Schaufenster, das durch seine elektrische Beleuchtung und seine verführerisch ausgestellten Waren auffiel. Soapy hob einen Pflasterstein auf und schleuderte ihn durch die Scheibe. Einige Leute kamen um die Ecke gerannt, allen voraus ein Polizist. Soapy blieb stehen, die Hände in den Taschen, und lächelte angesichts der Messingknöpfe.

«Wo ist der Kerl, der das getan hat?» fragte der Schutzmann aufgeregt.

«Können Sie sich nicht vorstellen, daß ich damit etwas zu tun gehabt habe?» fragte Soapy nicht ohne Spott, aber so freundlich, wie man eine glückliche Fügung begrüßt.

Der Polizist war außerstande, Soapy in Zusammenhang mit der Angelegenheit zu sehen. Männer, die Fenster einschmeißen, bleiben nicht stehen, um sich mit den Hütern des Gesetzes zu unterhalten. Sie geben Fersengeld. Der Schutzmann sah einen halben Häuserblock entfernt einen Mann hinter einer Straßenbahn herrennen, und mit dem Gummiknüppel in der Faust nahm er die Verfolgung auf. Soapy schlich davon, das Herz voll Gram über seine beiden Mißerfolge.

Auf der anderen Straßenseite war ein anspruchsloses

of no great pretensions. It catered to large appetites and modest purses. Its crockery and atmosphere were thick; its soup and napery thin. Into this place Soapy took his accusive shoes and telltale trousers without challenge. At a table he sat and consumed beefsteak, flapjacks, doughnuts and pie. And then to the waiter he betrayed the fact that the minutest coin and himself were strangers.

"Now, get busy and call a cop," said Soapy. "And don't keep a gentleman waiting."

"No cop for youse," said the waiter, with a voice like butter cakes und an eye like the cherry in a Manhattan cocktail. "Hey, Con!"

Neatly upon his left ear on the callous pavement two waiters pitched Soapy. He arose joint by joint, as a carpenter's rule opens, and beat the dust from his clothes. Arrest seemed but a rosy dream. The Island seemed very far away. A policeman who stood before a drug store two doors away laughed and walked down the street.

Five blocks Soapy travelled before his courage permitted him to woo capture again. This time the opportunity presented what he fatuously termed to himself a "cinch". A young woman of a modest and pleasing guise was standing before a show window gazing with sprightly interest at its display of shaving mugs and ink-stands, and two yards from the window a large policeman of severe demeanor leaned against a water plug.

It was Soapy's design to assume the rôle of the despicable and execrated "masher." The refined and elegant appearance of his victim and the contiguity of the conscientious cop encouraged him to believe that he would soon feel the pleasant official clutch upon his arm that would insure his winter quarters on the right little, tight little isle.

Soapy straightened the lady missionary's ready-made tie, dragged his shrinking cuffs into the open,

Gasthaus, eingestellt auf Gäste mit großem Appetit und geringen Mitteln. Dort waren die Teller ebenso dick wie die Luft, und die Suppe so dünn wie das Tischtuch. Hier trat Soapy ein, ohne mit seinen schandbaren Schuhen und verräterischen Hosen Anstoß zu erregen. Er setzte sich an einen Tisch und vertilgte Beefsteak, Pfannkuchen, Krapfen und Torte. Dann bekannte er dem Kellner, daß nicht die winzigste Münze bei ihm zu finden sei.

«Machen Sie schnell und rufen Sie einen Schutzmann», sagte er. «Einen Gentleman läßt man nicht warten.»

«Das würde dir passen», sagte der Kellner mit einer Stimme wie Butterkeks, und seine Augen sahen aus wie Kirschen auf einem Manhattan-Cocktail. «He, Con!»

Die beiden Kellner warfen Soapy auf das harte Pflaster – genau auf sein linkes Ohr. Langsam, wie ein Zimmermann Glied um Glied seinen Zollstock aufklappt, richtete sich Soapy empor und klopfte sich den Staub von den Kleidern. Die Verhaftung schien nur ein rosiger Traum zu sein und die Insel in weitester Ferne. Ein Polizist, der zwei Türen weiter vor einem Drugstore stand, lachte und ging weiter.

Fünf Häuserblöcke legte Soapy zurück, bevor er wieder Mut faßte, sich um seine Verhaftung zu bemühen. Diesmal bot sich eine Gelegenheit, die er innerlich in seiner Einfalt einen «Kniff» nannte. Eine junge Frau von sittsamer und anmutiger Erscheinung stand vor einem Schaufenster und betrachtete mit lebhaftem Interesse die ausgestellten Rasierschalen und Tintenfässer, und zwei Meter davon entfernt lehnte an einem Hydranten ein mächtiger Schutzmann mit grimmiger Miene.

Soapy nahm sich vor, die verabscheuungswürdige Rolle eines Unholds zu spielen, der Frauen belästigt. Das vornehme und elegante Äußere seines Opfers und die Nähe des gewissenhaften Polizeibeamten ermutigten ihn zu der Hoffnung, auf seinem Arm bald jenen angenehmen Griff der Staatsgewalt zu spüren, der ihm sein Winterquartier auf der kleinen aber feinen Insel sichern würde.

Soapy rückte die Krawatte der Missionsdame zurecht, zog seine verschrumpelten Manschetten aus dem Ärmel, schob

set his hat at a killing cant and sidled toward the young woman. He made eyes at her, was taken with sudden coughs and "hems," smiled, smirked and went brazenly through the impudent and contemptible litany of the "masher." With half an eye Soapy saw that the policeman was watching him fixedly. The young woman moved away a few steps, and again bestowed her absorbed attention upon the shaving mugs. Soapy followed, boldly stepping to her side, raised his hat and said:

"Ah there, Bedelia! Don't you want to come and play in my yard?"

The policeman was still looking. The persecuted young woman had but to beckon a finger and Soapy would be practically en route for his insular haven. Already he imagined he could feel the cozy warmth of the station-house. The young woman faced him and, stretching out a hand, caught Soapy's coat sleeve.

"Sure, Mike," she said, joyfully, "if you'll blow me to a pail of suds. I'd have spoke to you sooner, but the cop was watching."

With the young woman playing the clinging ivy to his oak Soapy walked past the policeman overcome with gloom. He seemed doomed to liberty.

At the next corner he shook off his companion and ran. He halted in the district where by night are found the lightest streets, hearts, vows and librettos. Women in furs and men in greatcoats moved gaily in the wintry air. A sudden fear seized Soapy that some dreadful enchantment had rendered him immune to arrest. The thought brought a little of panic upon it, and when he came upon another policeman lounging grandly in front of a transplendent theatre he caught at the immediate straw of "disorderly conduct."

On the sidewalk Soapy began to yell drunken gibberish at the top of his harsh voice. He danced, howled, raved, and otherwise disturbed the welkin.

seinen Hut tollkühn in den Nacken und machte sich an die junge Frau heran. Er warf ihr muntere Blicke zu, mußte plötzlich husten und sich räuspern, lächelte, schmunzelte und zog frech alle unverfrorenen und verachtungswürdigen Unholds-Register.

Mit halbem Auge sah Soapy, daß der Polizist ihn unverwandt beobachtete. Die junge Frau trat ein paar Schritte zur Seite und vertiefte sich erneut in die Betrachtung der Rasierschalen. Soapy ging ihr nach, trat keck neben sie, zog den Hut und sagte:

«Hallo, Mausi! Möchtest du nicht mit mir kommen und in meinem Hof spielen?»

Der Schutzmann schaute noch immer auf die zwei. Die verfolgte junge Frau brauchte nur mit dem Finger zu winken, und Soapy befände sich so gut wie sicher auf dem Weg zu seinem Inselasyl. Schon glaubte er, die behagliche Wärme der Wachstube zu spüren. Da wandte sich die junge Frau ihm zu, streckte die Hand aus und faßte ihn am Ärmel.

«Na klar, Egon», sagte sie gutgelaunt, «wenn du mir 'ne Pulle Bier schmeißt. Ich hätte dich ja schon längst angequatscht, aber der Schupo hat dauernd hergeschaut.»

Mit der jungen Frau, die sich an ihn wie Efeu an eine Eiche klammerte, ging Soapy trübsinnig an dem Schutzmann vorbei. Er schien zur Freiheit verurteilt zu sein.

An der nächsten Ecke schüttelte er seine Begleiterin ab und rannte davon. Er blieb erst wieder in dem Stadtteil stehen, wo man bei Nacht die unbeschwertesten Straßen, Herzen, Treueschwüre und Cabarets findet. Frauen in Pelzmänteln und Männer in Überziehern promenierten frohgestimmt durch die Winterluft. Eine plötzliche Angst ergriff Soapy, daß ein entsetzlicher Zauber ihn gegen jede Festnahme gefeit habe. Dieser Gedanke jagte ihm fast panischen Schrecken ein, und als er auf den nächsten Schutzmann stieß, der hoheitsvoll vor einem hellerleuchteten Theater herumstand, ergriff er den nächstbesten Strohhalm: «Ungebührliches Benehmen».

Auf dem Gehsteig begann Soapy, aus Leibeskräften wie ein Betrunkener zu grölen. Er tanzte, heulte und tobte, als wolle er den Himmel zum Einsturz bringen.

The policeman twirled his club, turned his back to Soapy and remarked to a citizen:

"'Tis one of them Yale lads celebratin' the goose egg they give to the Hartford College. Noisy; but no harm. We've instructions to lave them be."

Disconsolate, Soapy ceased his unavailing racket. Would never a policeman lay hands on him? In his fancy the Island seemed an unattainable Arcadia. He buttoned his thin coat against the chilling wind.

In a cigar store he saw a well-dressed man lighting a cigar at a swinging light. His silk umbrella he had set by the door on entering. Soapy stepped inside, secured the umbrella and sauntered off with it slowly. The man at the cigar light followed hastily.

"My umbrella," he said, sternly.

"Oh, is it?" sneered Soapy, adding insult to petit larceny. "Well, why don't you call a policeman? I took it. Your umbrella! Why don't you call a cop? There stands one on the corner."

The umbrella owner slowed his steps. Soapy did likewise, with a presentiment that luck would again run against him. The policeman looked at the two curiously.

"Of course," said the umbrella man – "that is – well, you know how these mistakes occur – I – if it's your umbrella I hope you'll excuse me – I picked it up this morning in a restaurant – If you recognize it as yours, why – I hope you'll –"

"Of course it's mine," said Soapy, viciously.

The ex-umbrella man retreated. The policeman hurried to assist a tall blonde in an opera cloak across the street in front of a street car that was approaching two blocks away.

Soapy walked eastward through a street damaged by improvements. He hurled the umbrella wrathfully into an excavation. He muttered against the men who wear helmets and carry clubs. Because he wanted to

Der Schutzmann wirbelte seinen Gummiknüppel, kehrte Soapy den Rücken zu und bemerkte zu einem Passanten:

«Einer von den Yale-Studenten, die ihren Sieg über das Hartford College feiern. Laut, aber harmlos. Wir haben Anweisung, sie zu lassen.»

Untröstlich brach Soapy seinen unnützen Lärm ab. Wollte ihn denn kein Polizist verhaften? In seiner Vorstellung wurde die Insel zum unerreichbaren Paradies. Er knöpfte seine Jacke zu, gegen den schneidenden Wind.

In einem Tabakladen sah er einen gutgekleideten Mann, der sich an einem baumelnden Kerzenlicht eine Zigarre anzündete. Seinen seidenen Regenschirm hatte er am Eingang abgestellt. Soapy trat ein, griff sich den Schirm und schlenderte langsam davon. Der Mann an der Flamme folgte ihm hastig nach.

«Der Schirm gehört mir», sagte er energisch.

«Wirklich?» fragte Soapy mit einem Grinsen, das zum Diebstahl hinzu noch den Tatbestand der Beleidigung erfüllte. «Nun, warum rufen Sie keinen Polizisten? Ich hab ihn genommen, Ihren Schirm! Warum rufen Sie keinen Schutzmann? Dort an der Ecke steht einer.»

Der Schirmbesitzer wurde langsamer. Soapy folgte seinem Beispiel, mit der dumpfen Ahnung, daß das Glück wieder gegen ihn würde. Der Polizist schaute den beiden neugierig zu.

«Natürlich», sagte der Schirmbesitzer, – «das heißt – na ja, Sie wissen doch, wie solche Versehen vorkommen – ich – wenn der Schirm Ihnen gehört, dann hoffe ich, Sie entschuldigen – ich habe ihn heute morgen aus einem Gasthaus mitgenommen – wenn Sie ihn wiedererkennen, dann – ich hoffe, Sie werden –»

«Natürlich gehört er mir», sagte Soapy böse.

Der Ex-Schirmbesitzer zog sich zurück. Der Schutzmann eilte zu einer großen blonden Dame im Theatermantel, um ihr über die Straße zu helfen – vor einer Straßenbahn, die noch zwei Häuserblöcke entfernt war.

Soapy wanderte ostwärts durch eine Straße, die wegen Bauarbeiten aufgerissen war. Zornig schleuderte er den Regenschirm in ein Erdloch. Er schimpfte vor sich hin auf die Leute, die Helme und Gummiknüppel tragen. Weil er ihnen in

fall into their clutches, they seemed to regard him as a king who could do no wrong.

At length Soapy reached one of the avenues to the east where the glitter and turmoil was but faint. He set his face down this toward Madison Square, for the homing instinct survives even when the home is a park bench.

But on an unusually quiet corner Soapy came to a standstill. Here was an old church, quaint and rambling and gabled. Through one violet-stained window a soft light glowed, where, no doubt, the organist loitered over the keys, making sure of his mastery of the coming Sabbath anthem. For there drifted out to Soapy's ears sweet music that caught and held him transfixed against the convolutions of the iron fence.

The moon was above, lustrous and serene; vehicles and pedestrians were few; sparrows twittered sleepily in the eaves – for a little while the scene might have been a country churchyard. And the anthem that the organist played cemented Soapy to the iron fence, for he had known it well in the days when his life contained such things as mothers and roses and ambitions and friends and immaculate thoughts and collars.

The conjunction of Soapy's receptive state of mind and the influences about the old church wrought a sudden and wonderful change in his soul. He viewed with swift horror the pit into which he had tumbled, the degraded days, unworthy desires, dead hopes, wrecked faculties and base motives that made up his existence.

And also in a moment his heart responded thrillingly to this novel mood. An instantaneous and strong impulse moved him to battle with his desperate fate. He would pull himself out of the mire; he would make a man of himself again; he would conquer the evil that had taken possession of him.

die Klauen fallen wollte, schienen sie ihn für einen König zu halten, der kein Unrecht tun konnte.

Endlich erreichte Soapy eine der nach Osten führenden Straßen, in denen nur noch schwacher Lichterglanz und Trubel war. Diese Straße entlang steuerte Soapy wieder auf den Madison-Park zu, denn der Ruf der Heimat verstummt selbst dann nicht, wenn man nur eine Bank im Park sein Zuhause nennt.

Aber an einer besonders stillen Straßenecke hielt Soapy an. Hier stand eine alte Kirche, altmodisch, verbaut, mit einem Giebel. Durch ein violettfarbenes Fenster schimmerte sanftes Licht; zweifellos ließ dort der Organist jetzt seine Finger über die Tasten gleiten, um seinem Choral für den kommenden Sonntag den letzten Schliff zu geben. Denn an Soapys Ohr drang süße Musik, die ihn ergriff und gegen die verschlungenen Stäbe des Eisenzauns preßte.

Der Mond stand am Himmel, strahlend und klar; es waren kaum noch Wagen und Fußgänger unterwegs; Spatzen schilpten schläfrig in einer Dachrinne – für einen Augenblick war es wie auf einem ländlichen Kirchhof. Der Choral, den der Organist spielte, bannte Soapy an das Eisengitter fest, denn er kannte das Lied aus der Zeit, in der es für ihn sowas wie Mutter, Rosen, Zukunft, Freunde und saubere Gedanken und Kragen gegeben hatte.

Das Zusammentreffen von Soapys empfänglicher Stimmung mit der Ausstrahlung der alten Kirche bewirkte eine augenblickliche und wunderbare Wandlung in seiner Seele. Mit plötzlichem Schaudern sah er vor sich den Abgrund, in den er getaumelt war, all die Tage der Erniedrigung, die unwürdigen Begierden, toten Hoffnungen, verpfuschten Möglichkeiten und niedrigen Triebkräfte, die sein Leben erfüllt hatten.

Und mit einem Mal öffnete sich sein Herz erbebend dieser neuartigen Stimmung. Ein spontaner und mächtiger Drang befahl ihm, mit seinem verzweiflungsvollen Schicksal den Kampf aufzunehmen. Er würde sich aus dem Sumpf herausziehen; er würde wieder ein anständiger Mensch werden; er würde das Böse überwinden, das von ihm Besitz ergriffen

There was time; he was comparatively young yet; he would resurrect his old eager ambitions and pursue them without faltering. Those solemn but sweet organ notes had set up a revolution in him. To-morrow he would go into the roaring downtown district and find work. A fur importer had once offered him a place as driver. He would find him to-morrow and ask for the position. He would be somebody in the world. He would –

Soapy felt a hand laid on his arm. He looked quickly around into the broad face of a policeman.

"What are you doin' here?" asked the officer.

"Nothin'," said Soapy.

"Then come along," said the policeman.

"Three months on the Island," said the Magistrate in the Police Court the next morning.

hatte. Noch war es Zeit; er war verhältnismäßig jung; er würde seine ehrgeizigen Pläne von einst wieder aktivieren und verfolgen, ohne vom Wege abzuweichen. Die feierlichen und doch so süßen Orgelklänge hatten ihn völlig umgekrempelt. Morgen würde er in die lärmende Innenstadt gehen und Arbeit suchen. Ein Pelzimporteur hätte ihn einmal als Kraftfahrer eingestellt. Ihn würde er morgen aufsuchen und um die Stelle bitten. Er wollte wieder jemand sein auf dieser Welt. Er wollte –

Soapy spürte eine Hand auf seinem Arm. Er wandte sich schnell um und sah in das breite Gesicht eines Polizisten.

«Was tun Sie hier?» fragte der Beamte.

«Nichts», antwortete Soapy.

«Dann kommen Sie mal mit», sagte der Schutzmann.

«Drei Monate Insel», sagte der Schnellrichter am nächsten Morgen.

Restless, shifting, fugacious as time is a certain vast bulk of the population of the red brick district of the lower West Side. Homeless, they have a hundred homes. They flit from furnished room to furnished room, transients forever – transients in abode, transients in heart and mind.

They sing "Home, Sweet Home" in ragtime; they carry their *lares et penates* in a bandbox; their vine is entwined about a picture hat; a rubber plant is their fig tree.

Hence the houses of this district, having had a thousand dwellers, should have a thousand tales to tell, mostly dull ones, no doubt; but it would be strange if there could not be found a ghost or two in the wake of all these vagrant guests.

One evening after dark a young man prowled among these crumbling red mansions, ringing their bells. At the twelfth he rested his lean hand-baggage upon the step and wiped the dust from his hatband and forehead. The bell sounded faint and far away in some remote, hollow depths.

To the door of this, the twelfth house whose bell he had rung, came a housekeeper who made him think of an unwholesome, surfeited worm that had eaten its nut to a hollow shell and now sought to fill the vacancy with edible lodgers.

He asked if there was a room to let.

"Come in," said the housekeeper. Her voice came from her throat; her throat seemed lined with fur. "I have the third-floor-back, vacant since a week back. Should you wish to look at it?"

The young man followed her up the stairs. A faint light from no particular source mitigated the shadows of the halls. They trod noiselessly upon a stair carpet that its own loom would have forsworn. It seemed to have become vegetable; to have degenerated in that

Das möblierte Zimmer

Rastlos, unstet, flüchtig wie die Zeit – so lebt ein ziemlich großer Teil der Bevölkerung im roten Backstein-Viertel der unteren West Side. Ohne Zuhause haben diese Menschen hunderte von Behausungen. Aus einem möblierten Zimmer ziehen sie ins nächste, diese unablässig Vorübergehenden – vorübergehend im Haus, vorübergehend im Blickfeld. Sie singen «Home, Sweet Home» wie einen Schlager; ihre Laren und Penaten nehmen sie im Handkoffer mit; ihr Weinstock ist als Verzierung um ihren Hut gewunden; eine Gummipflanze (als Stoffmuster) ist ihr Feigenbaum.

Da die Häuser des Viertels tausende von Mietern gehabt haben, haben sie wohl tausend Geschichten zu erzählen. Meist banale, sicherlich; aber es wäre seltsam, wenn im Gefolge dieser wechselnden Gäste sich nicht das eine oder andere Gespenst finden ließe.

Eines Abends nach der Dämmerung streifte ein junger Mann diese schäbigen roten Wohnhäuser entlang und klingelte an ihren Türen. Nun stellte er beim zwölften seinen mageren Handkoffer auf der Treppe ab und wischte sich den Staub von Hutband und Stirn. Die Klingel tönte schwach und fern in irgendwelchen leeren, einsamen Tiefen.

An der Türe dieses zwölften Hauses, dessen Glocke er geläutet hatte, erschien eine Hausmeisterin, die ihn an einen krankhaft fetten Wurm erinnerte, der seine Nußschale leergefressen hat und sie nun wieder mit eßbaren Bewohnern füllen möchte.

Er fragte, ob sie ein Zimmer zu vermieten habe.

«Kommen Sie rein», sagte die Hausmeisterin. Die Stimme kam ihr aus der Kehle, und die Kehle schien mit Pelz gefüttert. «Ich hab im dritten Stock nach hinten raus etwas frei, seit einer Woche. Wollen Sie es sich ansehen?»

Der junge Mann folgte ihr die Treppe hoch. Ein schwaches Licht aus unbestimmter Quelle milderte die Düsternis in den Fluren. Geräuschlos gingen sie auf einem Treppenläufer, den sein eigener Webstuhl verleugnet haben würde. Er hatte sich anscheinend in dieser muffigen, sonnenlosen Luft in einen

rank, sunless air to lush lichen or spreading moss that grew in patches to the stair-case and was viscid under the foot like organic matter. At each turn of the stairs were vacant niches in the wall. Perhaps plants had once been set within them. If so they had died in that foul and tainted air. It may be that statues of the saints had stood there, but it was not difficult to conceive that imps and devils had dragged them forth in the darkness and down to the unholy depths of some furnished pit below.

"This is the room," said the housekeeper, from her furry throat. "It's a nice room. It ain't often vacant. I had some most elegant people in it last summer – no trouble at all, and paid in advance to the minute. The water's at the end of the hall. Sprowls and Mooney kept it three months. They done a vaudeville sketch. Miss B'retta Sprowls – you may have heard of her – Oh, that was just the stage names – right there over the dresser is where the marriage certificate hung, framed. The gas is here, and you see there is plenty of closet room. It's a room everybody likes. It never stays idle long."

"Do you have many theatrical people rooming here?" asked the young man.

"They comes and goes. A good proportion of my lodgers is connected with the theatres. Yes, sir, this is the theatrical district. Actor people never stays long anywhere. I get my share. Yes, they comes and they goes."

He engaged the room, paying for a week in advance. He was tired, he said, and would take possession at once. He counted out the money. The room had been made ready, she said, even to towels and water.

As the housekeeper moved away he put, for the thousandth time, the question that he carried at the end of his tongue.

"A young girl – Miss Vashner – Miss Eloise Vashner – do you remember such a one among your

pflanzlichen Zustand zurückverwandelt, in eine üppige Flechte oder ein wucherndes Moos, das in Lappen über die Stufen wuchs und unter den Füßen eine weiche, zähe organische Masse bildete. Auf jedem Treppenabsatz waren leere Nischen in der Wand. Vielleicht hatten einmal Blumenstöcke darin gestanden. Wenn wirklich, so waren sie in der verdorbenen, stickigen Luft eingegangen. Vielleicht waren dort aber auch Heiligenfiguren gewesen; man konnte sich gut vorstellen, daß Kobolde und Teufel sie in die Dunkelheit, die heillose Tiefe einer möblierten Hölle hinabgezerrt hatten.

«Dies ist das Zimmer», sagte die Hausmeisterin aus ihrer pelzigen Kehle. «Ein schönes Zimmer. Es ist nicht oft frei. Im letzten Sommer hatte ich ein paar sehr vornehme Leute drin – keinerlei Schwierigkeiten, sie haben im Voraus bezahlt, auf die Minute pünktlich. Wasser ist am Ende vom Flur. Für drei Monate haben Sprowls & Mooney hier gewohnt. Haben einen Vaudeville-Sketch gespielt. Miss B'retta Sprowls – Sie haben vielleicht mal von ihr gehört – oh, das waren nur die Bühnennamen – da über der Frisierkommode hing die Heiratsurkunde, eingerahmt. Hier ist das Gas. Und Sie sehen, da ist eine Menge Platz im Wandschrank. Es ist ein Zimmer, das jedem zusagt. Es ist nie lange leer.»

«Wohnen hier bei Ihnen viele Theaterleute?» fragte der junge Mann.

«Sie kommen und gehn. Ein guter Teil meiner Mieter hat mit dem Theater zu tun. Jawohl, Sir, dies ist das Theater-Viertel. Schauspieler bleiben nie lange am gleichen Platz. Ich hab immer einige von denen. Ja, sie kommen und sie gehn.»

Er mietete das Zimmer und zahlte eine Woche im Voraus. Er sei müde und wolle gleich hier bleiben, sagte er. Er zählte ihr das Geld in die Hand. Das Zimmer sei hergerichtet, sagte sie, auch Handtücher und Wasser seien da.

Als die Hausmeisterin sich zum Gehen wandte, stellte er zum tausendsten Mal die Frage, die ihm ständig auf der Zunge lag.

«Ein junges Mädchen – Miss Vashner, Miss Eloise Vashner – können Sie sich erinnern, ob so jemand unter ihren

lodgers? She would be singing on the stage, most likely. A fair girl, of medium height and slender, with reddish, gold hair and a dark mole near her left eyebrow."

"No, I don't remember the name. Them stage people has names they change as often as their rooms. They comes and they goes. No, I don't call that one to mind."

No. Always no. Five months of ceaseless interrogation and the inevitable negative. So much time spent by day in questioning managers, agents, schools and choruses; by night among the audiences of theatres from all-star casts down to music halls so low that he dreaded to find what he most hoped for. He who had loved her best had tried to find her. He was sure that since her disappearance from home this great, water-girt city held her somewhere, but it was like a monstrous quicksand, shifting its particles constantly, with no foundation, its upper granules of to-day buried to-morrow in ooze and slime.

The furnished room received its latest guest with a first glow of pseudo-hospitality, a hectic, haggard, perfunctory welcome like the specious smile of a demirep. The sophistical comfort came in reflected gleams from the decayed furniture, the ragged brocade upholstery of a couch and two chairs, a foot-wide cheap pier glass between the two windows, from one or two gilt picture frames and a brass bedstead in a corner.

The guest reclined, inert, upon a chair, while the room, confused in speech as though it were an apartment in Babel, tried to discourse to him of its divers tenantry.

A polychromatic rug like some brilliant-flowered, rectangular, tropical islet lay surrounded by a billowy sea of soiled matting. Upon the gay-papered wall were those pictures that pursue the homeless one from house to house – The Huguenot Lovers, The

Mietern war? Sie hat sehr wahrscheinlich im Theater gesungen. Ein blondes Mädchen, mittelgroß und schlank, mit rötlich-goldenem Haar und einem dunklen Mal an ihrer linken Augenbraue.»

«Nein, an den Namen kann ich mich nicht erinnern. Die Bühnenleute wechseln ihre Namen so oft wie ihre Zimmer. Sie kommen und sie gehn. Nein, so jemand fällt mir nicht ein.»

Nein. Immer nein. Fünf Monate einer endlosen Fragerei und das unentrinnbare Nein. So viel Zeit vertan! Tag für Tag herumgefragt bei Managern, Agenten, Schulen und Chören. Nacht für Nacht im Konzert-Publikum gesessen – von der Star-Parade bis zu Musikschuppen, die dermaßen mies waren, daß er Angst hatte, ausgerechnet hier zu finden, wonach er sich so sehr sehnte. Er, der sie so sehr geliebt hatte, hatte sich auf die Suche begeben. Er war sicher, daß diese von Wasser umschlossene Stadt sie irgendwo festhielt, seit sie von zu Hause verschwunden war; aber die Stadt war wie eine riesenhafte Insel aus Treibsand, die keinen festen Boden hatte und ständig ihre Bestandteile verschob: was heute oben lag, begrub sie morgen in Schlick und Schlamm.

Das möblierte Zimmer empfing seinen neuesten Gast mit dem ersten Glanz unechter Gastlichkeit, mit einem unruhig hungrigen, routinierten Willkommen ähnlich dem Lächeln einer Dirne. Die trügerische Behaglichkeit ging von dem Schimmern der verschlissenen Möbel aus, von dem fadenscheinigen Brokatbezug der Couch und der beiden Sessel, von dem einen Fuß breiten billigen Spiegel zwischen den Fenstern, von den ein, zwei vergoldeten Bilderrahmen und dem messingnen Bettgestell in der Ecke.

Der Gast ließ sich matt auf einen der Sessel nieder, und das Zimmer versuchte in verworrener Sprache, als wäre es eine Wohnung in Babel, ihm von seinen verschiedenen Bewohnern zu erzählen.

Ein bunter Teppich lag wie eine kleine blumen-leuchtende, viereckige Tropen-Insel inmitten einer wogenden See aus fleckigem Bodenbelag. An der bunt tapezierten Wand hingen jene Bilder, die einen Menschen ohne festen Wohnsitz von Haus zu Haus verfolgen: Das hugenottische Liebespaar, Der

First Quarrel, The Wedding Breakfast, Psyche at the Fountain. The mantel's chastely severe outline was ingloriously veiled behind some pert drapery drawn rakishly askew like the sashes of the Amazonian ballet. Upon it was some desolate flotsam cast aside by the room's marooned when a lucky sail had borne them to a fresh port – a trifling vase or two, pictures of actresses, a medicine bottle, some stray cards out of a deck.

One by one, as the characters of a cryptograph become explicit, the little signs left by the furnished room's procession of guests developed a significance. The threadbare space in the rug in front of the dresser told that lovely women had marched in the throng. The tiny fingerprints on the wall spoke of little prisoners trying to feel their way to sun and air. A splattered stain, raying like the shadow of a bursting bomb, witnessed where a hurled glass or bottle had splintered with its contents against the wall. Across the pier glass had been scrawled with a diamond in staggering letters the name "Marie." It seemed that the succession of dwellers in the furnished room had turned in fury – perhaps tempted beyond forbearance by its garish coldness and wreaked upon it their passions.

The furniture was chipped and bruised; the couch, distorted by bursting springs, seemed a horrible monster that had been slain during the stress of some grotesque convulsion. Some more potent upheaval had cloven a great slice from the marble mantel. Each plank in the floor owned its particular cant and shriek as from a separate and individual agony. It seemed incredible that all this malice and injury had been wrought upon the room by those who had called it for a time their home; and yet it may have been the cheated home instinct surviving blindly, the resentful rage at false household gods that hat kindled

erste Streit, Das Hochzeitsfrühstück, Psyche an der Quelle. Die züchtig würdevollen Konturen der Kamineinfassung waren schandbar von einer aufdringlichen Drapierung umhängt, die wie die Schärpen in einem Amazonen-Ballett keck zur Seite gezogen war. Darauf stand das trostlose Treibgut, das die Gestrandeten im Zimmer zurückgelassen hatten, wenn ein glücklicher Segelwind sie in einen neuen Hafen brachte: ein, zwei wertlose Vasen, Fotos von Schauspielerinnen, eine Flasche Medizin, ein paar lose Spielkarten.

Eines nach dem anderen, wie die Chiffren einer Geheimschrift sich enträtseln, gewannen die von den durchziehenden Gästen im Zimmer hinterlassenen kleinen Zeichen eine Bedeutung. Die zerschlissene Stelle im Teppich vor der Frisierkommode erzählte von schönen Frauen, die in diesem Zuge mitmarschiert waren. Winzige Fingerabdrücke an der Wand berichteten von kleinen Gefangenen, die versucht hatten, ihren Weg zu Sonne und Luft zu ertasten. Ein dunkler Fleck, der wie der Schatten einer platzenden Bombe auseinanderstrahlte, zeigte an, wo ein Glas oder eine Flasche samt Inhalt an die Wand geschleudert worden und zersplittert war. Quer über den Spiegel war mit einem Diamanten in ungelenken Buchstaben der Name *Marie* eingeritzt. Anscheinend waren die Mieter des möblierten Zimmers einer nach dem anderen einer Art Raserei verfallen und hatten – vielleicht von seinem kalten Glanz aus ihrem Gleichmut gelockt – ihre Wut an ihm ausgelassen. Die Möbel waren verkratzt und voller Schrammen; die Couch war von herausdrückenden Sprungfedern entstellt und sah aus wie ein grauenhaftes Scheusal, das im Verlauf eines verrückten Kampfes erschlagen worden war. Ein noch heftigerer Aufruhr hatte ein großes Stück vom marmornen Kaminsims abgehauen. Jede Diele im Boden hatte ihr besonderes Stöhnen und Knarren wie von einem persönlichen Sterbelaut. Es war kaum vorstellbar, daß dem Zimmer all diese Beschädigungen von Leuten angetan worden waren, die es eine Zeit lang ihr Zuhause genannt hatten; aber vielleicht war es gerade der betrogene Heimat-Instinkt, der unversehens lebendig geblieben war, der empfindliche Zorn auf falsche Hausgötter, was ihr Wüten entfacht hatte. Eine Hütte,

their wrath. A hut that is our own we can sweep and adorn and cherish.

The young tenant in the chair allowed these thoughts to file, soft-shod, through his mind, while there drifted into the room furnished sounds and furnished scents. He heard in one room a tittering and incontinent, slack laughter; in others the monologue of a scold, the rattling of dice, a lullaby, and one crying dully; above him a banjo tinkled with spirit. Doors banged somewhere; the elevated trains roared intermittently; a cat yowled miserably upon a back fence. And he breathed the breath of the house – a dank savor rather than a smell – a cold, musty effluvium as from underground vaults mingled with the reeking exhalations of linoleum and mildewed and rotten woodwork.

Then suddenly, as he rested there, the room was filled with the strong, sweet odor of mignonette. It came as upon a single buffet of wind with such sureness and fragrance and emphasis that it almost seemed a living visitant. And the man cried aloud: "What, dear?" as if he had been called, and sprang up and faced about. The rich odor clung to him and wrapped him around. He reached out his arms for it, all his senses for the time confused and commingled. How could one be peremptorily called by an odor? Surely it must have been a sound. But, was it not the sound that had touched, that had caressed him?

"She has been in this room," he cried, and he sprang to wrest from it a token, for he knew he would recognize the smallest thing that had belonged to her or that she had touched. This enveloping scent of mignonette, the odor that she had loved and made her own – whence came it?

The room had been but carelessly set in order. Scattered upon the flimsy dresser scarf were half a dozen hairpins – those discreet, indistinguishable friends of womankind, feminine of gender, infinite

die unser eigen ist, können wir fegen und schmücken und liebhaben.

Der junge Mieter in seinem Sessel ließ diese Gedanken durch seinen Sinn ziehen, ganz sachte, während möblierte Geräusche und möblierte Gerüche zu ihm herein drangen. Er hörte aus einem Zimmer abwechselnd Kichern und hemmungsloses Lachen; aus anderen Zimmern einen schimpfenden Monolog, das Klackern von Würfeln, ein Wiegenlied und ein abgründiges Schluchzen; über ihm erklang ein gefühlvolles Banjo. Irgendwo knallten Türen zu; von Zeit zu Zeit donnerte die Hochbahn vorbei; eine Katze miaute jämmerlich auf einem Zaun im Hinterhof. Und er atmete den Atem des Hauses – es war eher ein modriger Geschmack als ein Geruch – eine kalte, muffige Ausdünstung wie aus unterirdischen Gewölben, die sich mit dem unangenehmen Gestank von Linoleum und schimmeligem, fauligen Holz vermischte.

Dann plötzlich, als er so saß und ruhte, wurde das Zimmer von einem starken, süßen Reseda-Duft erfüllt. Er kam wie auf einem einzigen Luftstoß daher, mit solcher Gewißheit und Deutlichkeit, daß es ein lebendiger Besucher hätte sein können. Der Mann, als wäre er angeredet worden, rief laut «Ja, Liebste?» und sprang auf und sah sich um. Der kräftige Duft hielt sich an ihm fest und umgab ihn. Der Mann streckte seine Hände nach ihm aus, seine Sinne waren für eine Weile gänzlich durcheinander geraten. Wie konnte man mit solchem Nachdruck von einem Duft gerufen werden? Nein, es mußte ein Laut gewesen sein. Aber hatte dieser Laut ihn nicht angefaßt, liebkost?

«Sie ist in diesem Zimmer gewesen», rief er. Und er ging ungestüm los, um dem Zimmer einen Beweis zu entreißen; er wußte, daß er den kleinsten Gegenstand, der ihr gehörte oder den sie berührt hatte, erkennen würde. Dieser Reseda-Duft, der ihn umgab, dieser Duft, den sie so geliebt und für sich ausgewählt hatte – wo kam er her?

Das Zimmer war nur nachlässig aufgeräumt. Auf dem abgenutzten Deckchen der Frisierkommode lagen ein halbes Dutzend Haarnadeln verstreut – diese unauffälligen, kaum unterscheidbaren Freundinnen der Weiblichkeit, selber von

mood and uncommunicative of tense. These he ignored, conscious of their triumphant lack of identity. Ransacking the drawers of the dresser he came upon a discarded, tiny, ragged handkerchief. He pressed it to his face. It was racy and insolent with heliotrope; he hurled it to the floor. In another drawer he found odd buttons, a theatre programme, a pawnbroker's card, two lost marshmallows, a book on the divination of dreams. In the last was a woman's black satin hair bow, which halted him, poised between ice and fire. But the black satin hair bow also is femininity's demure, impersonal common ornament and tells no tales.

And then he traversed the room like a hound on the scent, skimming the walls, considering the corners of the bulging matting on his hands and knees, rummaging mantel and tables, the curtains and hangings, the drunken cabinet in the corner, for a visible sign, unable to perceive that she was there beside, around, against, within, above him, clinging to him, wooing him, calling him so poignantly through the finer senses that even his grosser ones became cognizant of the call. Once again he answered loudly: "Yes, dear!" and turned, wild-eyed, to gaze on vacancy, for he could not yet discern form and color and love and outstretched arms in the odor of mignonette. Oh, God! whence that odor, and since when have odors had a voice to call? Thus he groped.

He burrowed in crevices and corners, and found corks and cigarettes. These he passed in passive contempt. But once he found in a fold of the matting a half-smoked cigar, and this he ground beneath his heel with a green and trenchant oath. He sifted the room from end to end. He found dreary and ignoble small records of many a peripatetic tenant; but of her whom he sought, and who may have lodged there, and whose spirit seemed to hover there, he found no trace.

weiblichem Geschlecht, von unbegrenzter Vielfalt und unbestimmbarem Alter. Er beachtete sie nicht, er wußte, daß ihrem Mangel an Aussagekraft nicht beizukommen war. Beim Durchstöbern der Tisch-Schubladen stieß er auf ein gebrauchtes dünnes, eingerissenes Taschentuch. Er preßte es gegen sein Gesicht; es roch stark und aufdringlich nach Heliotrop; er schmiß es auf den Boden. In einer anderen Schublade fand er ein paar lose Knöpfe, ein Theaterprogramm, die Karte eines Pfandleihers, zwei einsame Hustenbonbons und ein Buch über die heilige Bedeutung der Träume. Darin lag eine Haarschleife aus schwarzem Satin, die ihn stutzig machte; es war ihm abwechselnd kalt und heiß. Aber auch ein schwarzes Satin-Haarband ist nur eine spröde und unpersönliche Allerwelts-Zierde der Frauen und erzählt keine Geschichte.

Dann durchquerte er das Zimmer wie ein Hund auf der Fährte, strich an den Wänden entlang, untersuchte auf Händen und Knien die Ecken des aufgewölbten Bodenbelags, suchte am Kaminsims und auf den Tischen, hinter den Vorhängen und Gardinen, im wackeligen Eckschrank nach einem sichtbaren Zeichen – unfähig zu spüren, daß sie neben ihm war, um ihn herum und vor und über und in ihm, daß sie sich an ihn schmiegte, ihn lockte und so drängend seine feineren Sinne ansprach, daß selbst seine gröberen den Ruf hörten. Wieder antwortete er laut: «Ja, Liebste!» und wandte sich um, mit verstörtem Blick, und starrte in die Leere, denn noch konnte er Form und Farbe und Liebe und ausgestreckte Arme in dem Reseda-Duft nicht unterscheiden. O Gott! Woher dieser Duft, und seit wann hatten Gerüche Stimmen, mit denen sie riefen? So tappte er umher.

Er stocherte in Ritzen und Ecken und fand Korken und Zigaretten. Das alles ließ er gleichgültig beiseite. Nur einmal fand er in einer Falte des Bodenbelags eine halb gerauchte Zigarre – die zertrat er mit einem derben, schneidenden Fluch unter dem Absatz. Er kämmte das Zimmer vom einen Ende zum anderen durch. Er fand trostlose und abstoßende Überbleibsel der vielen vorübergehenden Bewohner; doch von ihr, nach der er suchte, die hier vielleicht gewohnt hatte und deren Geist hier zu weben schien, fand er keine Spur.

And then he thought of the housekeeper.

He ran from the haunted room downstairs and to a door that showed a crack of light. She came out to his knock. He smothered his excitement as best he could.

"Will you tell me, madam," he besought her, "who occupied the room I have before I came?"

"Yes, sir. I can tell you again. 'Twas Sprowls and Mooney, as I said. Miss B'retta Sprowls it was in the theatres, but Missis Mooney she was. My house is well known for respectability. The marriage certificate hung, framed, on a nail over –"

"What kind of a lady was Miss Sprowls – in looks, I mean?"

"Why, black-haired, sir, short, and stout, with a comical face. They left a week ago Tuesday."

"And before they occupied it?"

"Why, there was a single gentleman connected with the draying business. He left owing me a week. Before him was Missis Crowder and her two children, that stayed four months; and back of them was old Mr. Doyle, whose sons paid for him. He kept the room six months. That goes back a year, sir, and further I do not remember."

He thanked her and crept back to his room. The room was dead. The essence that hat vivified it was gone. The perfume of mignonette had departed. In its place was the old, stale odor of mouldy house furniture, of atmosphere in storage.

The ebbing of his hope drained his faith. He sat staring at the yellow, swinging gaslight. Soon he walked to the bed and began to tear the sheets into strips. With the blade of his knife he drove them tightly into every crevice around windows and door. When all was snug and taut he turned out the light, turned the gas full on again and laid himself gratefully upon the bed.

Dann besann er sich auf die Hausmeisterin.

Er rannte aus dem geisterhaften Zimmer die Treppe hinunter und auf eine Tür zu, unter der ein Lichtschimmer herauslugte. Auf sein Klopfen erschien sie. Er unterdrückte seine Erregung so gut es ging.

«Bitte, Madam, wollen Sie mir nicht sagen», flehte er sie an, «wer das Zimmer vor mir bewohnt hat?»

«Jawohl, Sir. Ich kann's Ihnen nochmal sagen. Es waren, wie gesagt, Sprowls & Monney. Miss B'retta Sprowls hieß sie auf der Bühne, aber Missis Mooney war sie wirklich. Mein Haus ist bekannt für'n guten Ruf. Die Heiratsurkunde hing gerahmt am Nagel überm ...»

«Was für eine Frau war Miss Sprowls – ich meine, dem Aussehen nach?»

«Tja, schwarzhaarig, Sir, klein und stämmig, mit lustigem Gesicht. Sie sind am Dienstag vor ner Woche ausgezogen.»

«Und wer hat davor in dem Zimmer gewohnt?»

«Tja, das war ein alleinstehender Herr, der im Fuhrgeschäft zu tun hatte. Er ist ausgezogen und schuldet mir noch eine Woche. Vor ihm war Missis Crowder mit ihren zwei Kindern da, die blieben vier Monate. Und vor denen war es der alte Mr. Doyle; für den haben seine Söhne bezahlt. Er hatte das Zimmer sechs Monate. Das ist ein Jahr her, Sir, weiter zurück weiß ich nicht mehr.»

Er dankte ihr und ging wieder in sein Zimmer. Das Zimmer war tot. Das Wesen, das es mit Leben erfüllt hatte, war verschwunden. Der Reseda-Duft war verflogen. An seiner Stelle herrschte der alte, schale Geruch nach schimmeligen Möbeln, nach Speicherluft.

Das Verebben seiner Hoffnung ließ all seine Zuversicht austrocknen. Er saß da und starrte in das gelbe, zitternde Gaslicht. Nach einer kleinen Weile trat er ans Bett und begann, die Tücher in Streifen zu reißen. Mit der Klinge seines Messers stopfte er sie fest in alle Fenster- und Türritzen, ringsherum. Als alles dicht verschlossen war, drehte er das Licht aus, drehte dann das Gas wieder auf und legte sich voller Dankbarkeit auf das Bett.

It was Mrs. McCool's night to go with the can for beer. So she fetched it and sat with Mrs. Purdy in one of those subterranean retreats where housekeepers foregather and the worm dieth seldom.

"I rented out my third-floor-back this evening," said Mrs. Purdy, across a fine circle of foam. "A young man took it. He went up to bed two hours ago."

"Now, did ye, Mrs. Purdy, ma'am?" said Mrs. McCool, with intense admiration. "You do be a wonder for rentin' rooms of that kind. And did ye tell him, then?" she concluded in a husky whisper laden with mystery.

"Rooms," said Mrs. Purdy, in her furriest tones, "are furnished for to rent. I did not tell him, Mrs. McCool."

"'Tis right ye are, ma'am; 'tis by renting rooms we kape alive. Ye have the rale sense for business, ma'am. There be many people will rayjict the rentin' of a room if they be tould a suicide has been after dyin' in the bed of it."

"As you say, we has our living to be making," remarked Mrs. Purdy.

"Yis, ma'am; 'tis true. 'Tis just one wake ago this day I helped ye lay out the third-floor-back. A pretty slip of a colleen she was to be killin' herself wid the gas – a swate little face she had, Mrs. Purdy, ma'am."

"She'd a-been called handsome, as you say," said Mrs. Purdy, assenting but critical, "but for that mole she had a'growin' by her left eyebrow. Do fill up your glass again, Mrs. McCool."

An diesem Abend war Mrs. McCool an der Reihe, Bier zu holen. Also holte sie eine Kanne voll, und dann saß sie mit Mrs. Purdy zusammen in einem der unterirdischen Schlupfwinkel, wo Hausmeister sich treffen und der Bandwurm selten aufhört.

«Ich hab heute Abend meinen dritten Stock hinten vermietet», sagte Mrs. Purdy über eine schöne Schaumkrone hinweg. «Ein junger Mann hat's genommen. Vor zwei Stunden ist er rauf zu Bett gegangen.»

«Was, haben Sie wirklich, Missis Purdy, wie?» sagte Mrs. McCool in überströmender Bewunderung. «Sie sind ein echtes Phänomen, was das Vermieten von solchen Zimmern angeht. Und haben Sie ihm was gesagt?» schloß sie in heiserem und geheimnisvollen Wispern.

«Möblierte Zimmer», sagte Mrs. Purdy mit ihrer pelzigsten Stimme, «sind zum Vermieten da. Ich hab ihm nichts gesagt, Missis McCool.»

«Da haben Sie recht, Ma'am; es ist das Vermieten von Zimmern, was uns am Leben erhält. Sie haben den wahren Geschäftssinn, Ma'am. Es gäb ne Masse Leute, die ein Zimmer nicht mieten würden, wenn sie gesagt bekämen, daß jemand drin Selbstmord gemacht hat und im Bett gestorben ist.»

«Sie sagen's. Wir haben unser Leben, damit wir's uns verdienen», bemerkte Mrs. Purdy.

«Jawohl, Ma'am, das stimmt. Es ist heute grad ne Woche her, daß ich Ihnen geholfen hab, im dritten Stock hinten aufzubahren. War ein hübsches schmales Ding vonnem Mädchen. Daß die sich mit dem Gas umbringen mußte . . . Ein süßes kleines Gesicht hat sie gehabt, Missis Purdy, wie?»

«Man hätt sie schön nennen können, Sie sagen's», sagte Mrs. Purdy zustimmend, aber abwägend. «Nur daß sie dieses Muttermal unter der linken Augenbraue hatte. Gießen Sie sich Ihr Glas nochmal voll, Missis McCool.»

One dollar and eighty-seven cents. That was all. And sixty cents of it was in pennies. Pennies saved one and two at a time by bulldozing the grocer and the vegetable man and the butcher until one's cheeks burned with the silent imputation of parsimony that such close dealing implied. Three times Della counted it. One dollar and eighty-seven cents. And the next day would be Christmas.

There was clearly nothing to do but flop down on the shabby little couch and howl. So Della did it. Which instigates the moral reflection that life is made up of sobs, sniffles, and smiles, with sniffles predominating.

While the mistress of the home is gradually subsiding from the first stage to the second, take a look at the home. A furnished flat at $ 8 per week. It did not exactly beggar description, but it certainly had that word on the lookout for the mendicancy squad.

In the vestibule below was a letter-box into which no letter would go, and an electric button from which no mortal finger could coax a ring. Also appertaining thereunto was a card bearing the name "Mr. James Dillingham Young."

The "Dillingham" had been flung to the breeze during a former period of prosperity when its possessor was being paid $ 30 per week. Now, when the income was shrunk to $ 20, the letters of "Dillingham" looked blurred, as though they were thinking seriously of contracting to a modest and unassuming D.

But whenever Mr. James Dillingham Young came home and reached his flat above he was called "Jim" and greatly hugged by Mrs. James Dillingham Young, already introduced to you as Della. Which is all very good.

Das Geschenk der Weisen

Ein Dollar und siebenundachtzig Cent. Das war alles. Und sechzig Cents davon bestanden aus Pennystücken. Pennies, die sie zu jeweils ein oder zwei Stück dem Krämer, Gemüsehändler oder Metzger abgehandelt hatte, bis sie mit schamroten Wangen den unausgesprochenen Vorwurf der Knauserigkeit spürte, den solches Feilschen mit sich brachte. Dreimal zählte Della das Geld nach. Ein Dollar und siebenundachtzig Cent. Und morgen war Weihnachten.

Da blieb allerdings nichts anderes übrig, als sich auf die schäbige kleine Couch zu werfen und zu heulen. Das tat Della denn auch. Was einen zu der philosophischen Betrachtung veranlaßt, daß das Leben aus Schluchzen, Seufzen und Lächeln besteht, wobei das Seufzen überwiegt.

Während die Hausfrau allmählich aus dem erstgenannten Stadium in das zweite herabsinkt, wollen wir uns ihr Zuhause anschauen. Eine möblierte Wohnung für acht Dollar die Woche. Sie konnte durchaus keine rühmende Beschreibung heischen, sondern gehörte eigentlich auf die Liste der Polizei-Kommission für Nicht-Seßhafte.

An der Eingangstür unten befand sich ein Briefkasten, in den nie ein Brief geworfen wurde, und ein elektrischer Klingelknopf, dem kein Sterblicher je einen Laut entlocken konnte. Und als letztes Zubehör war da eine Karte mit dem Namen «Mr. James Dillingham Young.»

Das ausgeschriebene «Dillingham» hatte während einer früheren Periode des Wohlstandes vornehm wirken sollen, als der Träger des Namens noch dreißig Dollar in der Woche bekam. Doch jetzt, da das Einkommen auf zwanzig Dollar zusammengeschrumpft war, schienen die Buchstaben des Namens «Dillingham» so verschwommen, als dächten sie ernstlich daran, sich zu einem bescheidenen, anspruchslosen «D» zusammenzuziehen. Jedesmal aber, wenn Mr. James Dillingham Young nach Hause kam und seine Wohnung betrat, wurde er von Frau James Dillingham Young, Ihnen schon als Della bekannt, «Jim» gerufen und stürmisch umarmt. So weit, so gut.

Della finished her cry and attended to her cheeks with the powder rag. She stood by the window and looked out dully at a gray cat walking a gray fence in a gray backyard. To-morrow would be Christmas Day, and she had only $ 1.87 with which to buy Jim a present. She had been saving every penny she could for months, with this result. Twenty dollars a week doesn't go far. Expenses had been greater than she had calculated. They always are. Only $ 1.87 to buy a present for Jim. Her Jim. Many a happy hour she had spent planning for something nice for him. Something fine and rare and sterling – something just a little bit near to being worthy of the honor of being owned by Jim.

There was a pier-glass between the windows of the room. Perhaps you have seen a pier-glass in an $ 8 flat. A very thin and very agile person may, by observing his reflection in a rapid sequence of longitudinal strips, obtain a fairly accurate conception of his looks. Della, being slender, had mastered the art.

Suddenly she whirled from the window and stood before the glass. Her eyes were shining brilliantly, but her face had lost its color within twenty seconds. Rapidly she pulled down her hair and let it fall to its full length.

Now, there were two possessions of the James Dillingham Youngs in which they both took a mighty pride. One was Jim's gold watch that had been his father's and his grandfather's. The other was Della's hair. Had the Queen of Sheba lived in the flat across the airshaft, Della would have let her hair hang out the window some day to dry just to depreciate Her Majesty's jewels and gifts. Had King Solomon been the janitor, with all his treasures piled up in the basement, Jim would have pulled out his watch every time he passed, just to see him pluck at his beard from envy.

Della hörte auf zu weinen und machte sich mit der Puderquaste über ihre Wangen her. Sie stand am Fenster und sah traurig einer grauen Katze zu, die im grauen Hinterhof auf einem grauen Zaun entlangschlich. Morgen war Weihnachten, und sie hatte nur einen Dollar und siebenundachtzig Cent, um Jim ein Geschenk zu kaufen. Seit Monaten hatte sie jeden Penny gespart, und das war der Erfolg. Mit zwanzig Dollar in der Woche kommt man nicht weit. Die Ausgaben waren größer gewesen, als sie vorausberechnet hatte. So ist es doch immer. Nur ein Dollar siebenundachtzig, um ein Geschenk für Jim zu kaufen. Für ihren Jim. Manche glückliche Stunde hatte sie damit verbracht, sich etwas Hübsches für ihn auszudenken. Etwas Schönes, Seltenes, Gediegenes – etwas, das wenigstens ein bißchen würdig gewesen wäre, Jim zum Besitzer zu haben.

Zwischen den Fenstern des Zimmers hing ein Pfeilerspiegel. Vielleicht haben Sie schon einmal einen Pfeilerspiegel in einer Achtdollarwohnung gesehen. Eine sehr schlanke und bewegliche Person kann, wenn sie ihr Spiegelbild in einer raschen Folge von Längsstreifen zu betrachten versteht, einen einigermaßen zuverlässigen Begriff von ihrem Aussehen bekommen. Da Della schlank war, verstand sie sich darauf.

Plötzlich drehte sie sich vom Fenster weg und stellte sich vor den Spiegel. Ihre Augen glänzten hell, aber ihr Gesicht hatte innerhalb von zwanzig Sekunden jede Farbe verloren. Schnell löste sie ihr Haar und ließ es in seiner ganzen Länge herabfallen.

Es gab zwei Besitztümer der Eheleute James Dillingham Young, auf die sie beide mächtig stolz waren. Eines davon war Jims goldene Uhr, die schon seinem Vater und Großvater gehört hatte. Das andere war Dellas Haar. Hätte in der Wohnung jenseits des Lichtschachtes die Königin von Saba gewohnt, Della hätte ihr Haar eines Tages zum Trocknen aus dem Fenster gehängt, nur um die Juwelen und Geschenke Ihrer Majestät in den Schatten zu stellen. Und wäre König Salomon der Pförtner des Hauses gewesen und hätte alle seine Schätze im Keller aufgestapelt gehabt, so hätte Jim jedesmal im Vorbeigehen seine Uhr gezückt, nur um ihn vor Neid seinen Bart raufen zu sehen.

So now Della's beautiful hair fell about her rippling and shining like a cascade of brown waters. It reached below her knee and made itself almost a garment for her. And then she did it up again nervously and quickly. Once she faltered for a minute and stood still while a tear or two splashed on the worn red carpet.

On went her old brown jacket; on went her old brown hat. With a whirl of skirts and with the brilliant sparkle still in her eyes, she fluttered out the door and down the stairs to the street.

Where she stopped the sign read: "Mme. Sofronie. Hair Goods of All Kinds." One flight up Della ran, and collected herself, panting. Madame, large, too white, chilly, hardly looked the "Sofronie."

"Will you buy my hair?" asked Della.

"I buy hair," said Madame. "Take yer hat off and let's have a sight at the looks of it."

Down rippled the brown cascade.

"Twenty dollars," said Madame, lifting the mass with a practised hand.

"Give it to me quick," said Della.

Oh, and the next two hours tripped by on rosy wings. Forget the hashed metaphor. She was ransacking the stores for Jim's present.

She found it at last. It surely had been made for Jim and no one else. There was no other like it in any of the stores, and she had turned all of them inside out. It was a platinum fob chain simple and chaste in design, properly proclaiming its value by substance alone and not by meretricious ornamentation – as all good things should do. It was even worthy of The Watch. As soon as she saw it she knew that it must be Jim's. It was like him. Quietness and value – the description applied to both. Twenty-one dollars they took from her for it, and she hurried home with the 87 cents. With that chain on his watch Jim might be properly anxious about the time in any company. Grand as the watch was, he sometimes looked at it on

Nun fiel also Dellas schönes Haar an ihr herab, wie ein brauner Wasserfall, glänzend und sich wellend. Es reichte ihr bis unter die Knie und umhüllte sie fast wie ein Gewand. Hastig steckte sie es wieder auf. Einen Augenblick noch zögerte sie, während eine oder zwei Tränen auf den abgetretenen roten Teppich fielen.

Sie schlüpfte in ihre alte braune Jacke; sie setzte ihren alten braunen Hut auf. Mit wehendem Rock und immer noch mit einem hellen Schimmer in den Augen huschte sie zur Tür hinaus, die Treppe hinunter, auf die Straße.

Sie hielt vor einem Schild, auf dem stand: «Mme. Sofronie, Haare aller Art.» Della rannte eine Treppe hoch und sammelte sich, noch außer Atem. Madame, massig, zu weiß gepudert, sehr kühl, sah kaum so aus, als könne sie Sofronie heißen.

«Wollen Sie mein Haar kaufen?» fragte Della.

«Ich kaufe Haar», sagte Madame. «Nehmen Sie Ihren Hut ab und zeigen Sie, wie es aussieht.»

Herunter rieselte der braune Wasserfall.

«Zwanzig Dollar», sagte Madame und wog die Haarflut mit geübter Hand.

«Schnell, geben Sie es mir», sagte Della.

Oh, und die nächsten zwei Stunden tänzelten vorbei auf rosigen Schwingen. (Entschuldigen Sie die holprige Metapher!) Sie durchstöberte die Läden nach dem Geschenk für Jim.

Endlich fand sie es. Sicher war es für Jim und keinen anderen gemacht. Nichts kam ihm gleich in all den anderen Läden, in denen sie das unterste zuoberst gekehrt hatte. Es war eine Uhrkette aus Platin, schlicht und edel in der Ausführung; ihr Wert war nur am Material und nicht an protzigem Zierat zu erkennen – so sollte es ja bei allen echten Dingen sein. Diese Kette war es wirklich wert, die Uhr aller Uhren zu tragen. Sobald Della sie sah, wußte sie, daß Jim sie kriegen mußte. Sie war wie er. Schlicht und edel – diese Bezeichnungen trafen auf beide zu. Einundzwanzig Dollar nahm man ihr dafür ab, und mit den siebenundachtzig Cent eilte sie nach Hause. Mit dieser Kette an seiner Uhr konnte Jim in jeder Gesellschaft schicklich nach der Zeit sehen. Denn so prächtig die Uhr auch war, er sah

the sly on account of the old leather strap that he used in place of a chain.

When Della reached home her intoxication gave way a little to prudence and reason. She got out her curling irons and lighted the gas and went to work repairing the ravages made by generosity added to love. Which is always a tremendous task, dear friends – a mammoth task.

Within forty minutes her head was covered with tiny, close-lying curls that made her look wonderfully like a truant schoolboy. She looked at her reflection in the mirror long, carefully, and critically.

"If Jim doesn't kill me," she said to herself, "before he takes a second look at me, he'll say I look like a Coney Island chorus girl. But what could I do – oh! what could I do with a dollar and eighty-seven cents?"

At 7 o'clock the coffee was made and the frying-pan was on the back of the stove hot and ready to cook the chops.

Jim was never late. Della doubled the fob chain in her hand and sat on the corner of the table near the door that he always entered. Then she heard his step on the stairway down on the first flight, and she turned white for just a moment. She had a habit of saying little silent prayers about the simplest everyday things, and now she whispered: "Please God, make him think I am still pretty."

The door opened and Jim stepped in and closed it. He looked thin and very serious. Poor fellow, he was only twenty-two – and to be burdened with a family! He needed a new overcoat and he was without gloves.

Jim stopped inside the door, as immovable as a setter at the scent of quail. His eyes were fixed upon Della, and there was an expression in them that she could not read, and it terrified her. It was not anger, nor surprise, nor disapproval, nor horror, nor any of the sentiments that she had been prepared for. He

bisher oft nur verstohlen drauf, weil er statt an einer Kette nur einen alten Lederriemen dafür hatte.

Als Della zu Hause ankam, wich ihr Freudenrausch ein wenig der Klugheit und Vernunft. Sie holte ihre Brennschere hervor, zündete das Gas an und machte sich daran, die Verwüstung zu heilen, die ihre Freude am Schenken in Verbindung mit ihrer Liebe angerichtet hatten. Das, meine Guten, ist immer eine ungeheure Aufgabe – eine Mammutaufgabe.

Nach vierzig Minuten war ihr Kopf mit winzigen, eng anliegenden Löckchen bedeckt, die ihr das Aussehen eines schulschwänzenden Lausbuben gaben. Sie musterte lange, sorgfältig und kritisch ihr Spiegelbild.

«Wenn Jim mich nicht umbringt», sagte sie zu sich selbst, «bevor er mich eines zweiten Blickes würdigt, so wird er sagen, ich sehe aus wie ein Tanzgirl von Coney Island. Aber was konnte ich tun – oh, was konnte ich tun mit einem Dollar und siebenundachtzig Cent?»

Um sieben Uhr war der Kaffee fertig, und die heiße Bratpfanne stand hinten auf dem Ofen, bereit, die Koteletts aufzunehmen.

Jim kam nie zu spät. Della nahm die Uhrkette zusammengelegt in die Hand und setzte sich auf die Tischkante bei der Tür, durch die er immer kam. Bald vernahm sie seinen Schritt weit unten auf den ersten Stufen, und für einen Augenblick wurde sie ganz weiß. Sie hatte die Gewohnheit, im stillen kleine Gebete für die einfachsten Alltagsdinge zu sprechen, und so flüsterte sie jetzt: «Lieber Gott, mach, daß er mich immer noch hübsch findet!»

Die Tür ging auf, Jim trat ein und machte sie hinter sich zu. Er sah schmal und sehr ernst aus. Armer Kerl, erst zweiundzwanzig und schon mit einem Hausstand belastet! Er brauchte einen neuen Mantel, hatte keine Handschuhe.

Jim blieb an der Türe stehen, bewegungslos wie ein Setter, der eine Wachtel wittert. Seine Augen waren auf Della gerichtet und hatten einen Ausdruck, den sie nicht deuten konnte und der sie erschreckte. Es war weder Zorn noch Überraschung, weder Mißbilligung noch Entsetzen, überhaupt keines der Gefühle, auf die sie gefaßt war. Er starrte sie ganz

simply stared at her fixedly with that peculiar expression on his face.

Della wriggled off the table and went for him.

"Jim, darling," she cried, "don't look at me that way. I had my hair cut off and sold it because I couldn't have lived through Christmas without giving you a present. It'll grow out again – you won't mind, will you? I just had to do it. My hair grows awfully fast. Say 'Merry Christmas!' Jim, and let's be happy. You don't know what a nice – what a beautiful, nice gift I've got for you."

"You've cut off your hair?" asked Jim, laboriously, as if he had not arrived at that patent fact yet even after the hardest mental labor.

"Cut it off and sold it," said Della. "Don't you like me just as well, anyhow? I'm me without my hair, ain't I?"

Jim looked about the room curiously.

"You say your hair is gone?" he said, with an air almost of idiocy.

"You needn't look for it," said Della. "It's sold, I tell you – sold and gone, too. It's Christmas Eve, boy. Be good to me, for it went for you. Maybe the hairs of my head were numbered," she went on with a sudden serious sweetness, "but nobody could ever count my love for you. Shall I put the chops on, Jim?"

Out of his trance Jim seemed quickly to wake. He enfolded his Della. For ten seconds let us regard with discreet scrutiny some inconsequential object in the other direction. Eight dollars a week or a million a year – what is the difference? A mathematician or a wit would give you the wrong answer. The magi brought valuable gifts, but that was not among them. This dark assertion will be illuminated later on.

Jim drew a package from his overcoat pocket and threw it upon the table.

einfach an, mit einem höchst sonderbaren Ausdruck im Gesicht.

Della rutschte vom Tisch herunter und ging auf ihn zu.

«Jim, Liebster», rief sie, «schau mich nicht so an. Ich habe mir die Haare abschneiden lassen und verkauft, weil ich Weihnachten einfach nicht überstanden hätte, ohne dir etwas zu schenken. Es wächst ja wieder nach – du bist doch nicht böse, oder? Ich mußte es einfach tun. Meine Haare wachsen unheimlich schnell. Sag ‹Fröhliche Weihnachten›, Jim, und laß uns glücklich sein. Du ahnst ja gar nicht, was für ein schönes – wunderschönes Geschenk ich für dich habe.»

«Deine Haare hast du dir abschneiden lassen?» fragte Jim mühsam, als hätte er trotz der härtesten geistigen Anstrengung diese offensichtliche Tatsache noch nicht erfaßt.

«Abschneiden lassen und verkauft», sagte Della. «Magst du mich nicht trotzdem genauso gern? Ich bin doch auch ohne Haare ich, oder?»

Jim schaute sich forschend im Zimmer um.

«Du sagst, deine Haare sind fort?» sagte er mit fast idiotischem Ausdruck.

«Du brauchst nicht danach zu suchen», sagte Della. «Sie sind verkauft, sag ich, verkauft und fort. Jetzt ist Heiliger Abend, mein Junge. Sei lieb zu mir, ich habe es doch für dich getan. Es kann ja sein, daß die Haare auf meinem Kopf gezählt waren», fuhr sie fort, auf einmal ernsthaft zärtlich, «aber niemand könnte jemals meine Liebe zu dir messen. Soll ich jetzt die Koteletts aufsetzen, Jim?»

Nun schien Jim schnell aus seiner Betäubung zu erwachen. Er schloß seine Della in die Arme. Wir wollen daher zehn Sekunden lang höflich angestrengt einen belanglosen Gegenstand in entgegengesetzter Richtung betrachten. Acht Dollar in der Woche oder eine Million im Jahr – was ist der Unterschied? Ein Mathematiker oder ein Schlaukopf würden uns eine falsche Antwort geben. Die drei Weisen aus dem Morgenlande haben kostbare Geschenke gebracht, aber dieses war nicht darunter. Unsere dunkle Andeutung wird sich später aufklären.

Jim zog ein Päckchen aus seiner Manteltasche und warf es auf den Tisch.

"Don't make any mistake, Dell," he said, "about me. I don't think there's anything in the way of a haircut or a shave or a shampoo that could make me like my girl any less. But if you'll unwrap that package you may see why you had me going a while at first."

White fingers and nimble tore at the string and paper. And then an ecstatic scream of joy; and then, alas! a quick feminine change to hysterical tears and wails, necessitating the immediate employment of all the comforting powers of the lord of the flat.

For there lay The Combs – the set of combs, side and back, that Della had worshipped for long in a Broadway window. Beautiful combs, pure tortoise shell, with jewelled rims – just the shade to wear in the beautiful vanished hair. They were expensive combs, she knew, and her heart had simply craved and yearned over them without the least hope of possession. And now, they were hers, but the tresses that should have adorned the coveted adornments were gone.

But she hugged them to her bosom, and at length she was able to look up with dim eyes and a smile and say: "My hair grows so fast, Jim!"

And then Della leaped up like a little singed cat and cried, "Oh, oh!"

Jim had not yet seen his beautiful present. She held it out to him eagerly upon her open palm. The dull precious metal seemed to flash with a reflection of her bright and ardent spirit.

"Isn't it a dandy, Jim? I hunted all over town to find it. You'll have to look at the time a hundred times a day now. Give me your watch. I want to see how it looks on it."

Instead of obeying, Jim tumbled down on the couch and put his hands under the back of his head and smiled.

"Dell," said he, "let's put our Christmas presents away and keep 'em a while. They're too nice to use

«Versteh mich nicht falsch, Dell», sagte er. «Ich glaube, kein Haarschneiden, Scheren oder Waschen brächte mich dazu, mein Mädchen weniger zu lieben. Aber wenn du dies Päckchen aufmachst, siehst du, warum ich erst eine Weile außer Fassung war.»

Weiße Finger zogen behende an Schnur und Papier. Ein entzückter Freudenschrei; und dann – o weh – ein schneller weiblicher Umschwung zu jähen Tränen und Klagen, welche den Herrn des Hauses vor die augenblickliche Notwendigkeit stellten, mit ganzer Kraft Trost zu spenden.

Denn da lagen sie, die Kämme – die ganze Garnitur von Kämmen, seitlich und hinten einzustecken, die Della so lange in einem Schaufenster am Broadway bewundert hatte. Herrliche Kämme, echt Schildpatt, mit juwelenverzierten Rändern – genau von der Farbe, die zu dem verschwundenen Haar paßte. Es waren teure Kämme, das wußte sie, und ihr Herz hatte sie bloß begehrlich ersehnt, ohne im entferntesten zu hoffen, sie je zu besitzen. Jetzt gehörten sie ihr, aber die Flechten, die diesen Traum-Zierat hätten zieren sollen, waren fort.

Doch sie drückte die Kämme an ihr Herz, und endlich konnte sie aus verweinten Augen aufblicken und lächelnd sagen: «Meine Haare wachsen ja so rasch, Jim.»

Und dann sprang Della wie eine kleine, angesengte Katze in die Höhe und rief: «Oh, oh!»

Jim hatte ja sein schönes Geschenk noch gar nicht gesehen. Sie hielt es ihm eifrig auf offener Hand entgegen. Das mattglänzende, kostbare Metall schien aufzuleuchten und ihre innige Freude widerzuspiegeln.

«Ist sie nicht ein Prachtstück, Jim? Ich habe die ganze Stadt abgejagt, bis ich sie gefunden habe. Du mußt jetzt hundertmal am Tag auf die Uhr schauen. Gib sie mir. Ich möchte sehen, wie sie sich daran ausnimmt.»

Anstatt Folge zu leisten, ließ sich Jim auf die Couch fallen, faltete die Hände hinter dem Kopf und lächelte.

«Dell», sagte er, «wir wollen unsere Weihnachtsgeschenke wegpacken und eine Weile aufheben. Sie sind zu schön, als daß wir sie gleich benützen könnten. Ich habe die Uhr verkauft, um

just a present. I sold the watch to get the money to buy your combs. And now suppose you put the chops on."

The magi, as you know, were wise men – wonderfully wise men – who brought gifts to the Babe in the manger. They invented the art of giving Christmas presents. Being wise, their gifts were no doubt wise ones, possibly bearing the privilege of exchange in case of duplication. And here I have lamely related to you the uneventful chronicle of two foolish children in a flat who most unwisely sacrificed for each other the greatest treasures of their house. But in a last word to the wise of these days let it be said that of all who give gifts these two were the wisest. Of all who give and receive gifts, such as they are wisest. Everywhere they are wisest. They are the magi.

das Geld für deine Kämme zu bekommen. Jetzt, glaube ich, wäre es Zeit, die Koteletts aufs Feuer zu stellen.»

Die Heiligen Drei Könige waren, wie Sie wissen, weise Männer – wunderbar weise Männer –, die dem Kindlein in der Krippe Geschenke brachten. Sie haben die Kunst des weihnachtlichen Schenkens erfunden. In ihrer Weisheit wählten sie sicher wohlweislich etwas aus, das, falls es schon auf dem Gabentisch vertreten war, umgetauscht werden konnte. Und da habe ich Ihnen nun mit unbeholfener Feder die recht ereignislose Geschichte von zwei närrischen Kindern in einer Wohnung erzählt, die einander, gar nicht sehr weise, ihre größten Schätze geopfert haben. Aber in meinem Schlußwort an die Weisen unserer Tage möchte ich sagen, daß von allen, die schenken, diese beiden am weisesten waren. Von allen, die schenken und beschenkt werden, sind ihresgleichen am weisesten. Immer und überall. *Sie* sind die Könige.

The drug clerk looks sharply at the white face half concealed by the high-turned overcoat collar.

"I would rather not supply you," he said doubtfully. "I sold you a dozen morphine tablets less than an hour ago."

The customer smiles wanly. "The fault is in your crooked streets. I didn't intend to call upon you twice, but I guess I got tangled up. Excuse me."

He draws his collar higher, and moves out, slowly. He stops under an electric light at the corner, and juggles absorbedly with three or four little pasteboard boxes. "Thirty-six," he announces to himself. "More than plenty." For a gray mist had swept upon Santone that night, an opaque terror that laid a hand to the throat of each of the city's guests. It was computed that three thousand invalids were hibernating in the town. They had come from far and wide, for here, among these contracted river-sliced streets, the goddess Ozone has elected to linger.

Purest atmosphere, sir, on earth! You might think from the river winding through our town that we are malarial, but, no, sir! Repeated experiments made both by the Government and local experts show that our air contains nothing deleterious – nothing but ozone, sir, pure ozone.

Litmus paper

tests made all along the river show – but you can read it all in the prospectuses; or the Santonian will recite it for you, word by word.

We may achieve climate, but weather is thrust upon us. Santone, then, cannot be blamed for this cold gray fog that came and kissed the lips of the three thousand, and then delivered them to the cross. That night the tubercles, whose ravages hope holds in check, multiplied. The writhing fingers of

Nebel in Santone

Der Apothekergehilfe blickt aufmerksam in das bleiche, vom aufgestellten Mantelkragen halb verborgene Gesicht.

«Ich möchte Ihnen lieber nichts geben», sagte er unschlüssig. «Ich habe Ihnen vor weniger als einer Stunde ein Dutzend Morphiumtabletten verkauft.»

Der Kunde lächelt matt. «Schuld daran haben diese gewundenen Straßen hier. Ich hatte nicht die Absicht, mich zweimal an Sie zu wenden. Ich schätze, ich bin irregegangen. Entschuldigen Sie.»

Er zieht den Kragen höher und begibt sich hinaus, langsam. Er hält an der Straßenecke unter einer elektrischen Beleuchtung inne und spielt versonnen mit drei oder vier kleinen Pappschachteln. «Sechsunddreißig», verkündet er sich selbst. «Mehr als reichlich.» Denn ein grauer Nebelschleier hatte sich an jenem Abend auf Santone gesenkt, ein undurchsichtiges Schrecknis, das Hand an die Kehle eines jeden Gastes der Stadt legte. Man schätzte, daß dreitausend Kranke in dem Ort überwinterten. Sie waren aus Nah und Fern gekommen, denn hier in diesem vom Fluß durchschnittenen Straßengedränge hat die Göttin Ozon beschlossen zu weilen.

Die reinste Luft der Welt, mein Herr! Sie könnten vielleicht wegen der Flußwindungen innerhalb des Ortes meinen, daß bei uns die Malaria herrscht, aber mitnichten, mein Herr! Wiederholte Untersuchungen sowohl seitens der Regierung als auch der hiesigen Fachleute beweisen, daß unsere Luft nichts Gesundheitschädliches enthält – nichts als Ozon, mein Herr, reinen Ozon. Prüfungen mit Lackmuspapier entlang des ganzen Flusses weisen aus – doch Sie können das alles in den Prospekten lesen; oder die Santoner werden es Ihnen aufsagen, Wort für Wort.

Wir können wohl Klima zustande bringen, doch Wetter wird uns aufgedrängt. Deshalb kann man Santone auch nicht diesen kalten grauen Nebel anlasten, der kam und die Lippen der Dreitausend küßte und sie dann ans Kreuz lieferte. In dieser Nacht vervielfältigten sich die Tuberkelknötchen, deren Verwüstungen von der Hoffnung klein gehalten werden.

the pale mist did not go thence bloodless. Many of the wooers of ozone capitulated with the enemy that night, turning their faces to the wall in that dumb, isolated apathy that so terrifies their watchers. On the red stream of Hemorrhagia a few souls drifted away, leaving behind pathetic heaps, white and chill as the fog itself. Two or three came to view this atmospheric wraith as the ghost of impossible joys, sent to whisper to them of the egregious folly it is to inhale breath into the lungs, only to exhale it again, and these used whatever came handy to their relief, pistols, gas or the beneficent muriate.

The purchaser of the morphia wanders into the fog, and at length, finds himself upon a little iron bridge, one of the score or more in the heart of the city, under which the small tortuous river flows. He leans on the rail and gasps, for here the mist has concentrated, lying like a foot-pad to garrote such of the Three Thousand as creep that way.

The iron bridge guys rattle to the strain of his cough, a mocking phthisical rattle, seeming to say to him: "Clickety-clack! just a little rusty cold, sir – but not from our river. Litmus paper all along the banks and nothing but ozone. Clacket-y-clack!"

The Memphis man at last recovers sufficiently to be aware of another overcoated man ten feet away, leaning on the rail, and just coming out of a paroxysm. There is a freemasonry among the Three Thousand that does away with formalities and introductions. A cough is your card; a hemorrhage a letter of credit. The Memphis man, being nearer recovered, speaks first.

"Goodall. Memphis – pulmonary tuberculosis – guess last stages." The Three Thousand economize
108 on words. Words are breath and they need breath
109 to write checks for the doctors.

Das Gefingere des bleichen Nebelschleiers gingen nicht unblutig von dannen. Viele der Anbeter von Ozon ergaben sich in dieser Nacht dem Feind, drehten ihre Gesichter mit jener traurigen, einsamen Teilnahmslosigkeit zur Wand, die ihre Wärter so entsetzt. Auf dem roten Strom des Blutsturzes trieben einige Seelen davon, ließen hinter sich klägliche Haufen, weiß und kalt wie der Nebel selbst. Zwei oder drei gelangten zu der Ansicht, dieses Luftgespenst sei der Geist unerreichbarer Freuden, gesandt, um ihnen zuzuwispern, welche ungeheuerliche Torheit es ist, Luft in die Lungen einzuatmen, nur um sie wieder auszuatmen, und diese setzten ein, was zu ihrer Erleichterung gerade greifbar war, Pistolen, Gas oder das wohltätige Muriat (Morphinum hydrochloricum).

Der Käufer des Morphiums wandert in den Nebel hinein und befindet sich schließlich auf einer kleinen Eisenbrücke, eine der zwanzig oder mehr im Herzen der Stadt, unter denen der schmale, geschlängelte Fluß hindurchfließt. Er stützt sich auf das Geländer und ringt nach Luft, denn hier hat sich der Schleier verdichtet, liegt wie ein Straßenräuber, um diejenigen der Dreitausend, die hier entlang schleichen, zu erdrosseln. Die Gliederketten der Eisenbrücke rasseln unter der Kraftanstrengung seines Hustens, ein spottendes, schwindsüchtiges Rasseln, das ihm zu sagen scheint: «Klicke-di-klack! nur eine kleine hartnäckige Erkältung, mein Herr – doch nicht durch unseren Fluß. Lackmuspapier ergab überall an den Uferbänken nichts als Ozon. Klacke-di-klack!»

Der Mann aus Memphis erholt sich schließlich so weit, daß er von einem anderen Mann im Mantel, zehn Fuß entfernt, Kenntnis nimmt, der sich auf das Geländer stützt und gerade aus einem Anfall herauskommt. Es herrscht ein Zusammengehörigkeitsgefühl unter den Dreitausend, das Förmlichkeiten und Einleitungen erübrigt. Ein Husten ist deine Visitenkarte; ein Blutsturz ein Kreditbrief. Der Mann aus Memphis, der schon besser erholt ist, spricht zuerst.

«Goodall. Memphis – Lungentuberkulose – schätze letztes Stadium.» Die Dreitausend gehen mit Wörtern haushälterisch um. Wörter bedeuten Atem, und sie brauchen Atem, um die Schecks für die Ärzte zu schreiben.

"Hurd," gasps the other. "Hurd; of T'leder. T'leder, Ah-hia. Catarrhal bronkeetis. Name's Dennis, too – doctor says. Says I'll live four weeks if I – take care of myself. Got your walking papers yet?"

"My doctor," says Goodall of Memphis, a little boastingly, "gives me three months."

"Oh," remarks the man from Toledo, filling up great gaps in his conversation with wheezes, "damn the difference. What's months! Expect to – cut mine down to one week – and die in a hack – a four wheeler, not a cough. Be considerable moanin' of the bars when I put out to sea. I've patronized 'em pretty freely since I struck my – present gait. Say, Goodall of Memphis – if your doctor has set your pegs so close – why don't you – get on a big spree and go – to the devil quick and easy – like I'm doing?"

"A spree," says Goodall, as one who entertains a new idea, "I never did such a thing. I was thinking of another way, but –"

"Come on," invites the Ohioan, "and have some drinks. I've been at it – for two days, but the infernal stuff won't bite like it used to. Goodall of Memphis, what's your respiration?"

"Twenty-four."

"Daily – temperature?"

"Hundred and four."

"You can do it in two days. It'll take me a – week. Tank up, friend Goodall – have all the fun you can; then – off you go, in the middle of a jag, and s-s-save trouble and expense. I'm a s-son of a gun if this ain't a health resort – for your whiskers! A Lake Erie fog'd get lost here in two minutes."

"You said something about a drink," says Goodall.

A few minutes later they line up at a glittering bar, and hang upon the arm rest. The bartender,

«Hurd», keucht der andere. «Hurd; aus T'leder. T'leder, Oh-io. Luftröhrenkatarrh. Heiße außerdem Denis – Arzt sagt. Sagt, ich werde noch vier Wochen leben, wenn ich – auf mich aufpasse. Haben Sie schon Ihren Entlassungsschein?»

«Mein Arzt», sagt Goodall aus Memphis ein wenig prahlerisch, «gibt mir drei Monate.»

«Oh», bemerkt der Mann aus Toledo und füllt große Lükken seines Gesprächsbeitrages mit pfeifenden Atemzügen, «zum Teufel mit dem Unterschied. Was sind schon Monate! Hoffe – den meinen auf eine Woche zu verkürzen – und auf einen Schlag zu sterben – in einer Mietsdroschke, nicht im Hustenanfall. Gibt beachtliches Trauern in den Bars, wenn ich in See steche. Hab sie mächtig unterstützt, seit ich meine – augenblickliche Gangart – angenommen habe. Sagen Sie, Goodall aus Memphis – wenn Ihr Arzt Ihnen die Pflöcke so knapp gesteckt hat – warum begeben Sie sich nicht – auf eine große Zechtour und gehen – zum Teufel, schnell und leicht – wie ich es mache?»

«Eine Zechtour», sagt Goodall wie einer, der sich mit einem neuen Gedanken trägt, «so etwas habe ich noch nie getan. Ich dachte an einen anderen Weg, doch ...»

«Kommen Sie», forderte der Mann aus Ohio auf, «lassen Sie uns was trinken. Ich bin schon dabei – seit zwei Tagen, doch das teuflische Zeug will nicht mehr so wie sonst brennen. Goodall aus Memphis, wie ist Ihre Atmung?»

«Vierundzwanzig.»

«Tägliche Temperatur?»

«Vierzig.»

«Sie können es in zwei Tagen schaffen. Bei mir dauert es eine – Woche. Lassen Sie sich vollaufen, Freund Goodall – holen Sie sich so viel Spaß, wie Sie können; dann – ab mit Ihnen, mitten in einem Rausch, ohne Scherereien und Kosten. Zum Henker mit mir, wenn dies nicht eine Heilstätte – für Ihren Bart ist! Ein Nebel vom Eriesee würde sich hier in zwei Minuten verlaufen.»

«Sie sagten etwas von trinken», sagte Goodall.

Wenige Minuten später finden sie sich in einer glitzernden Bar ein und hängen an der Theke. Der Barmixer, blond, dick,

blond, heavy, well-groomed, sets out their drinks, instantly perceiving that he serves two of the Three Thousand. He observes that one is a middle-aged man, well-dressed, with a lined and sunken face; the other a mere boy who is chiefly eyes and overcoat. Disguising well the tedium begotten by many repetitions, the server of drinks begins to chant the sanitary saga of Santone. "Rather a moist night, gentlemen, for our town. A little fog from our river, but nothing to hurt. Repeated Tests."

"Damn your litmus papers," gasps Toledo – "without any – personal offense intended. We've heard of 'em before. Let 'em turn red, white and blue. What we want is a repeated test of that – whiskey. Come again. I paid for the last round, Goodall of Memphis."

The bottle oscillates from one to the other, continues to do so, and is not removed from the counter. The bartender sees two emaciated invalids dispose of enough Kentucky Belle to floor a dozen cowboys, without displaying any emotion save a sad and contemplative interest in the peregrinations of the bottle. So he is moved to manifest a solicitude as to the consequences.

"Not on your Uncle Mark Hanna," responds Toledo, "will we get drunk. We've been – vaccinated with whiskey – and – cod liver oil. What would send you to the police station – only gives us a thirst. S-s-set out another bottle."

It is slow work trying to meet death by that route. Some quicker way must be found. They leave the saloon and plunge again into the mist. The sidewalks are mere flanges at the base of the houses; the street a cold ravine, the fog filling it like a freshet. Not far away is the Mexican quarter. Conducted as if by wires along the heavy air comes a guitar's tinkle, and the demoralizing voice of some señorita singing:

gepflegt, bereitet ihre Getränke und erkennt sofort, daß er zwei von den Dreitausend bedient. Er stellt fest, daß der eine mittleren Alters ist, gut gekleidet, mit gezeichnetem und eingefallenem Gesicht; der andere noch ein reiner Junge, der hauptsächlich aus Augen und Überzieher besteht. Der Getränkeservierer beginnt die Gesundheitssaga von Santone herunterzuleiern, wobei er seine durch häufiges Aufsagen erzeugte Langeweile gut verbirgt. «Ziemlich feuchte Nacht für unsere Stadt, meine Herren. Ein bißchen Nebel von unserem Fluß, aber nichts Schädliches. Wiederholte Tests.»

«Zum Teufel mit euren Lackmuspapieren», keucht Toledo, «ohne Sie – persönlich kränken zu wollen. Davon haben wir schon längst gehört. Sollen sie doch rot, weiß oder blau werden. Wir dagegen wollen einen Test – mit dem Whisky wiederholen. Noch mal dasselbe. Ich hab für die letzte Runde gezahlt, Goodall aus Memphis.»

Die Flasche pendelt von einem zum anderen, immerfort, und wird vom Tresen nicht entfernt. Der Barmixer sieht zwei abgezehrte Kranke so viel «Kentucky Belle» trinken, wie nötig wäre, um ein Dutzend Cowboys zu fällen, ohne daß sie irgendeine Gefühlsregung erkennen lassen, außer einer düsteren und nachdenklichen Anteilnahme an den Wanderschaften der Flasche. So fühlt er sich veranlaßt, seine Besorgtheit bezüglich der Folgen kundzutun.

«Kommt doch überhaupt kein bißchen in Frage – daß wir betrunken werden», erwidert Toledo. «Wir sind – mit Whisky geimpft worden – und – mit Lebertran. Was Sie aufs Polizeirevier bringen würde – macht uns nur durstig. Stellen Sie ne' neue Flasche hin.»

Auf diese Weise die Begegnung mit dem Tod zu suchen, ist eine langwierige Arbeit. Ein schnellerer Weg muß gefunden werden. Sie verlassen die Bar und tauchen wieder in den Nebel. Die Gehwege sind nichts als Kanten am Fundament der Häuser; die Straße ist eine kalte Schlucht, die der Nebel wie eine Überschwemmung füllt. Nicht weit entfernt, liegt der mexikanische Stadtteil. Wie über Drähte geleitet ertönen durch die schwere Luft Gitarrenklänge und die zermürbende Stimme einer singenden *señorita:*

"En las tardes sombríllas del invierno
En el prado a Marar me reclino
Y maldigo mi fausto destino –
Una vida la más infeliz."

The words of it they do not understand – neither Toledo nor Memphis, but words are the least important things in life. The music tears the breasts of the seekers after Nepenthe, inciting Toledo to remark:

"Those kids of mine – I wonder – by God, Mr. Goodall of Memphis, we had too little of that whiskey! No slow music in mine, if you please. It makes you disremember to forget."

Hurd of Toledo, here pulls out his watch, and says:

"I'm a son of a gun! Got an engagement for a hack ride out to San Pedro Springs at eleven. Forgot it. A fellow from Noo York, and me, and the Castillo sisters at Rhinegelder's Garden. That Noo York chap's a lucky dog – got one whole lung – good for a year yet. Plenty of money, too. He pays for everything. I can't afford – to miss the jamboree. Sorry you ain't going along. Good-by, Goodall of Memphis."

He rounds the corner and shuffles away, casting off thus easily the ties of acquaintanceship as the moribund do, the season of dissolution being man's supreme hour of egoism and selfishness. But he turns and calls back through the fog to the other: "I say, Goodall of Memphis! If you get there before I do, tell 'em Hurd's a-comin' too. Hurd, of T'leder, Ah-hia."

Thus Goodall's tempter deserts him. That youth, uncomplaining and uncaring, takes a spell at coughing, and, recovered, wanders desultorily on down the street, the name of which he neither knows nor recks. At a certain point he perceives swinging doors, and hears, filtering between them a noise of

(An den düsteren Winterabenden
lehne ich mich zurück an Marar
und ich verfluche mein Geschick
das unglücklichste aller Leben.)

Sie verstehen die Worte nicht – weder Toledo noch Memphis, doch Worte sind die unwichtigsten Dinge im Leben. Die Musik zerrt die Herzen der Suchenden zu dem alles Leid vergessen lassenden Zaubertrank und regt Toledo zu der Bemerkung an:

«Kinder nochmal – ich frage mich – bei Gott, Mr Goodall aus Memphis, wir hatten zu wenig Whisky! Keine schleppende Musik für mich, wenn ich bitten darf. Er läßt einen das Nicht-daran-denken vergessen.»

Jetzt zieht Hurd aus Toledo seine Uhr hervor und sagt:

«Zum Henker mit mir! Hab um elf eine Einladung zu einer Droschkenfahrt nach San Pedro Springs. Hab's vergessen. Einer aus Noo York und ich und die Castillo Schwestern aus Rhinegelder's Garden. Dieser Kerl aus Noo York ist ein Glückspilz – hat einen heilen Lungenflügel – reicht noch für ein Jahr. Massig Geld dazu. Er zahlt für alles. Kann es mir nicht leisten – die Zechtour zu verpassen. Bedauere, daß Sie nicht mitkommen. Leben Sie wohl, Goodall aus Memphis.»

Er biegt um die Ecke und schlurft davon und schneidet so mühelos die Bande der Bekanntschaft ab, wie die Todgeweihten es tun, da des Menschen größte Stunde an Selbstsucht und Eigennutz die Zeit der Auflösung ist. Doch dreht er sich um und ruft durch den Nebel dem anderen zu: «Hör mal, Goodall aus Memphis! Wenn du vor mir dort eintriffst, sag ihnen, daß Hurd auch kommt. Hurd aus T'ledo, Oh-hio.»

So wird Goodall von seinem Versucher sich selbst überlassen. Den jungen Mann, der ohne Klage und gleichgültig ist, überkommt ein Hustenanfall, und als er sich davon erholt, wandert er ziellos weiter die Straße hinunter; erkennt ihren Namen nicht, und ihr Name schert ihn nicht. An einer bestimmten Stelle sieht er Schwingtüren vor sich

wind and string instruments. Two men enter from the street as he arrives, and he follows them in. There is a kind of ante-chamber, plentifully set with palms and cactuses and oleanders. At little marble-topped tables some people sit, while soft-shod attendants bring the beer. All is orderly, clean, melancholy, gay, of the German method of pleasure.

At his right is the foot of a stairway. A man there holds out his hand. Goodall extends his, full of silver, the man selects therefrom a coin. Goodall goes upstairs and sees there two galleries extending along the sides of a concert hall which he now perceives to lie below and beyond the anteroom he first entered. These galleries are divided into boxes or stalls, which bestow with the aid of hanging lace curtains, a certain privacy upon their occupants.

Passing with aimless feet down the aisle contiguous to these saucy and discreet compartments, he is half checked by the sight in one of them of a young woman, alone and seated in an attitude of reflection. This young woman becomes aware of his approach. A smile from her brings him to a standstill, and her subsequent invitation draws him, though hesitating, to the other chair in the box, a little table between them.

Goodall is only nineteen. There are some whom, when the terrible god Phthisis wishes to destroy he first makes beautiful; and the boy is one of these. His face is wax, and an awful pulchritude is born of the menacing flame in his cheeks. His eyes reflect an unearthly vista engendered by the certainty of his doom. As it is forbidden man to guess accurately concerning his fate, it is inevitable that he shall tremble at the slightest lifting of the veil.

116 The young woman is well-dressed, and exhibits a
117 beauty of distinctly feminine and tender sort; an

und vernimmt zwischen ihnen hindurchsickernd den Laut von Blas- und Saiteninstrumenten. Als er dort ankommt, treten zwei Männer von der Straße aus ein, und er folgt ihnen nach. Da ist so etwas wie ein Vorzimmer, reichlich mit Palmen, Kakteen und Oleander ausgestattet. An kleinen Tischen mit Marmorplatten sitzen einige Leute, während weich beschuhte Bedienstete das Bier bringen. Alles ist ordentlich, sauber, schwermütig, herausgeputzt, von der deutschen Art und Weise der Behaglichkeit. Zu seiner Rechten führt eine Treppe hinauf. Ein Mann hält ihm dort die offene Hand entgegen. Goodall streckt seine aus, voll mit Silbergeld, und der Mann holt sich daraus eine Münze. Goodall geht die Treppe hinauf und sieht dort zwei Galerien entlang den Seiten eines Konzertsaals, der, wie er jetzt erkennt, unten liegt und hinter dem Vorraum, den er als erstes betreten hatte. Diese Galerien sind unterteilt in Logen oder Balkone, die mittels geschlossener Spitzenvorhänge den Besuchern eine gewisse Abgeschiedenheit bieten.

Als er mit ziellosem Schritt den Gang hinunter geht, der an diesen frivolen und verschwiegenen Abteilen entlang führt, gerät er vor einem derselben in ein leichtes Zögern angesichts einer jungen Frau, die dort allein und in nachdenklicher Haltung sitzt. Diese junge Frau gewahrt sein Nahen. Ein Lächeln von ihr läßt ihn stehenbleiben, und ihre dann folgende Einladung zieht ihn, wenn auch zögernd, hin zu dem anderen Stuhl in der Loge, mit nur einem kleinen Tisch zwischen ihnen beiden.

Goodall ist erst neunzehn. Es gibt einige, die der schreckliche Gott Tuberkulose, wenn er sie zerstören will, erst schön macht, und der Junge gehört zu denen. Sein Gesicht ist wie Wachs, und eine unheimliche Schönheit entsteht durch das bedrohliche Glühen seiner Wangen. Seine Augen spiegeln einen außerirdischen Blick wieder, der durch die Gewißheit über sein Schicksal erzeugt wird. Da es dem Menschen versagt ist, sein Schicksal genau zu erraten, ist es unvermeidlich, daß er beim geringsten Lüften des Schleiers zittert.

Die junge Frau ist gut gekleidet und stellt eine Schönheit zur Schau, die von ausgeprägt weiblicher und sanfter Art ist;

Eve-like comeliness that scarcely seems predestined to fade.

It is immaterial, the steps by which the two mount to a certain plane of good understanding; they are short and few, as befits the occasion.

A button against the wall of the partition is frequently disturbed and a waiter comes and goes at signal.

Pensive beauty would nothing of wine; two thick plaits of her blond hair hang almost to the floor; she is a lineal descendant of the Lorelei. So the waiter brings the brew; effervescent, icy, greenish golden. The orchestra on the stage is playing "Oh, Rachel". The youngsters have exchanged a good bit of information. She calls him "Walter" and he calls her "Miss Rosa."

Goodall's tongue is loosened and he has told her everything about himself, about his home in Tennessee, the old pillared mansion under the oaks, the stables, the hunting; the friends he has; down to the chickens, and the box bushes bordering the walks. About his coming South for the climate, hoping to escape the hereditary foe of his family. All about his three months on a ranch; the deer hunts, the rattlers, and the rollicking in the cow camps. Then of his advent to Santone, where he had indirectly learned, from a great specialist that his life's calendar probably contains but two more leaves. And then of this death-white, choking night which has come and strangled his fortitude and sent him out to seek a port amid its depressing billows.

"My weekly letter from home failed to come," he told her, "and I was pretty blue. I knew I had to go before long and I was tired of waiting. I went out and bought morphine at every drug store where they would sell me a few tablets. I got thirty-six quarter grains, and was going back to my room and

eine urtümliche Anmut, der es kaum vorherbestimmt scheint, zu vergehen.

Die Stufen, über welche die beiden zu einer gewissen Ebene der Verständigung steigen, sind unwichtig; sie sind niedrig und nur wenige, wie es sich für diesen Anlaß schickt.

Ein Knopf an der Wand des Abteils wird häufig benutzt und auf den Klingelruf kommt und geht ein Kellner.

Die sinnende Schönheit möchte keinen Wein; zwei dicke Flechten ihres blonden Haares hängen fast bis auf den Boden; sie ist eine unmittelbare Nachfahrin der Loreley. Also bringt der Kellner das Gebräu; sprudelnd, eiskalt, grünlich golden. Das Orchester auf der Bühne spielt «Oh, Rachel.» Die jungen Leute haben sich gegenseitig eine ganze Menge mitgeteilt. Sie nennt ihn «Walter» und er nennt sie «Miss Rosa».

Goodalls Zunge ist gelöst, und er hat ihr alles über sich erzählt, über sein Daheim in Tennessee, das alte, mit Säulen versehene Wohnhaus unter den Eichen, die Ställe, die Jagd; von seinen Freunden; sogar von den Kücken und von den Buchsbüschen, die die Wege säumen. Darüber, daß er wegen des Klimas nach Süden kam, in der Hoffnung, dem Erbfeind seiner Familie zu entkommen. Alles über seine drei Monate auf einer Ranch; von der Rotwildjagd, den tollen Burschen und dem Übermut in den Rinder-Camps. Dann von seinem Eintreffen in Santone, wo er durch die Blume von einem bedeutenden Spezialisten erfahren hatte, daß der Kalender seines Lebens wahrscheinlich nur mehr zwei Blätter aufweist. Und dann von dieser totenweißen erstickenden Nacht, die kam und seine Seelenstärke würgte und ihn hinaustrieb, um einen Hafen inmitten der niederdrückenden Wogen zu suchen.

«Mein wöchentlicher Brief von zu Hause blieb aus», erzählt er ihr, «und ich war ziemlich niedergeschlagen. Ich wußte, daß ich bald gehen müßte und hatte es einfach leid, darauf zu warten. Ich ging aus und kaufte Morphium in jeder Apotheke, in der sie mir ein paar Tabletten geben wollten. Ich habe sechsunddreißig Viertel Gran und war auf dem Weg zu meinem Zimmer, um sie einzunehmen, doch ich traf

take them, but I met a queer fellow on a bridge, who had a new idea."

Goodall fillips a little pasteboard box upon the table. "I put 'em all together in there."

Miss Rosa, being a woman, must raise the lid, and gave a slight shiver at the innocent looking triturates. "Horrid things! but those little, white bits – they could never kill one!"

Indeed they could. Walter knew better. Nine grains of morphia! Why, half the amount might.

Miss Rosa demands to know about Mr. Hurd, of Toledo, and is told. She laughs like a delighted child. "What a funny fellow! But tell me more about your home and your sisters, Walter. I know enough about Texas and tarantulas and cowboys."

The theme is dear, just now, to his mood, and he lays before her the simple details of a true home; the little ties and endearments that so fill the exile's heart. Of his sisters, one, Alice, furnishes him a theme he loves to dwell upon.

"She is like you, Miss Rosa," he says. "Maybe not quite so pretty, but just as nice, and good, and –"

"There! Walter," says Miss Rosa sharply, "now talk about something else."

But a shadow falls upon the wall outside, preceding a big, softly treading man, finely dressed, who pauses a second before the curtains and then passes on. Presently comes the waiter with a message: "Mr. Rolfe says –"

"Tell Rolfe I'm engaged."

"I don't know why it is," says Goodall, of Memphis, "but I don't feel as bad as I did. An hour ago I wanted to die, but since I've met you, Miss Rosa, I'd like so much to live."

The young woman whirls around the table, lays an arm behind his neck and kisses him on the

cheek.

"You must, dear boy," she says. "I know what

auf einer Brücke einen merkwürdigen Burschen, der einen anderen Einfall hatte.»

Goodall schnippt eine kleine Pappschachtel auf den Tisch. «Ich habe sie alle zusammen da hineingetan.»

Miss Rosa muß, da sie eine Frau ist, den Deckel aufmachen und erschauert leicht beim Anblick des harmlos aussehenden Pulvers. «Scheußlich! Doch diese kleinen, weißen Stückchen – niemals könnten sie einen töten.»

Natürlich könnten sie. Walter wußte es besser. Neun Gran Morphium! Nun, die Hälfte der Menge könnte es.

Miss Rosa verlangt von Mr Hurd aus Toledo zu hören und bekommt berichtet. Sie lacht wie ein erfreutes Kind. «Was für ein ulkiger Bursche! Doch erzählen Sie mir mehr über Ihr Zuhause und Ihre Schwestern, Walter. Ich weiß genug von Texas und Taranteln und Cowboys.»

Das Thema ist ihm gerade jetzt in seiner Stimmung lieb, und er breitet vor ihr die einfachen Einzelheiten eines echten Zuhauses aus; die kleinen Bindungen und Zärtlichkeiten, die das Herz des Verbannten so sehr anfüllen. Von seinen Schwestern erzählt er, wobei sich eine, Alice, ihm als Thema bietet, bei dem er nur zu gern verweilt.

«Sie ist wie Sie, Miss Rosa», sagt er. «Vielleicht nicht ganz so hübsch, doch ebenso nett und gut und...»

«Aus! Walter», sagt Miss Rosa scharf, «sprechen Sie jetzt über etwas anderes.»

Doch ein Schatten fällt draußen auf die Wand, geht einem großen, leise auftretenden, elegant gekleideten Mann voran, der vor den Vorhängen eine Sekunde lang innehält und dann weitergeht. Gleich danach kommt der Kellner mit einer Botschaft: «Mr Rolfe sagt...»

«Sag' Rolfe, ich bin beschäftigt.»

«Ich weiß nicht, warum es so ist», sagt Goodall aus Memphis, «aber ich fühle mich nicht so schlecht wie vorhin. Vor einer Stunde wollte ich sterben, doch seit ich Sie getroffen habe, Miss Rosa, würde ich so gerne leben.»

Die junge Frau wirbelt um den Tisch herum, legt einen Arm um seinen Hals und küßt ihn auf die Wange.

«Sie müssen es, lieber Junge», sagt sie. «Ich weiß, was der

was the matter. It was the miserable foggy weather that has lowered your spirit and mine too – a little. But look, now."

With a little spring she has drawn back the curtains. A window is in the wall opposite, and lo! the mist is cleared away. The indulgent moon is out again, revoyaging the plumbless sky. Roof and parapet and spire are softly pearl enamelled. Twice, thrice the retrieved river flashes back, between the houses, the light of the firmament. A tonic day will dawn, sweet and prosperous.

"Talk of death when the world is so beautiful!" says Miss Rosa, laying her hand on his shoulder. "Do something to please me, Walter. Go home to your rest and say: 'I mean to get better,' and do it."

"If you ask it," says the boy, with a smile, "I will."

The waiter brings full glasses. Did they ring? No; but it is well. He may leave them. A farewell glass. Miss Rosa says: "To your better health, Walter." He says: "To our next meeting."

His eyes look no longer into the void, but gaze upon the antithesis of death. His foot is set in an undiscovered country to-night. He is obedient, ready to go. "Good night," she says.

"I never kissed a girl before," he confesses, "except my sisters."

"You didn't this time," she laughs, "I kissed you – good night."

"When shall I see you again," he persists.

"You promised me to go home," she frowns, "and get well. Perhaps we shall meet again soon. Good night." He hesitates, his hat in hand. She smiles broadly and kisses him once more upon the forehead. She watches him far down the aisle, then
122 sits again at the table.

123 The shadow falls once more against the wall.

Grund war. Es war das scheußliche Nebelwetter, das auf Ihre Stimmung gedrückt hat, und auch auf meine – ein wenig. Doch sehen sie jetzt.»

Mit einem kleinen Sprung hat sie die Vorhänge zurückgezogen. Ein Fenster befindet sich in der gegenüberliegenden Wand und, siehe da, der Nebel ist verschwunden. Der milde Mond ist wieder da, bereist erneut den unermeßlichen Himmel. Dach und Brückengeländer und Turmspitze glänzen sanft perlmutten. Zwei-, dreimal spiegelt zwischen den Häusern der zurückgewonnene Fluß das Licht des Himmelgewölbes wieder. Ein erfrischender Tag wird anbrechen, lieblich und wohltuend.

«Vom Tod sprechen, wenn die Welt so schön ist!» sagt Miss Rosa und legt ihre Hand auf seine Schultern. «Tun Sie etwas mir zu Gefallen, Walter. Gehen Sie heim zum Schlafen und sagen Sie: ‹Ich will mich erholen›, und tun Sie es.»

«Wenn Sie darum bitten», sagt der Junge mit einem Lächeln, «werde ich es tun.»

Der Kellner bringt volle Gläser. Hatten sie geläutet? Nein; doch es ist in Ordnung. Er kann wieder gehen. Ein Glas zum Abschied. Miss Rosa sagt: «Auf Ihre Genesung, Walter.» Er sagt: «Auf unser nächstes Treffen.»

Seine Augen sehen nicht mehr ins Leere, sondern blicken auf das Gegenteil des Todes. Sein Schritt wird in dieser Nacht in unentdecktes Land geführt. Er ist folgsam, bereit zu gehen. «Gute Nacht», sagt sie.

«Ich habe noch nie vorher ein Mädchen geküßt», bekennt er, «außer meine Schwestern.»

«Sie haben es auch dieses Mal nicht getan», sagt sie lachend, «ich habe Sie geküßt – gute Nacht.»

«Wann werde ich Sie wiedersehen», sagt er beharrlich.

«Sie versprachen mir heimzugehen», sagt sie stirnrunzelnd, «und gesund zu werden. Vielleicht treffen wir uns schon bald wieder.» Er zögert, hält in der Hand seinen Hut. Sie lächelt frei und küßt ihn noch einmal auf die Stirn. Sie schaut ihm den ganzen Gang hinunter nach, dann setzt sie sich wieder an den Tisch.

Der Schatten fällt wiederum auf die Wand. Dieses Mal

This time the big, softly stepping man parts the curtains and looks in. Miss Rosa's eyes meet his and for half a minute they remain thus, silent, fighting a battle with that king of weapons. Presently the big man drops the curtains and passes on.

The orchestra ceases playing suddenly, and an important voice can be heard loudly talking in one of the boxes farther down the aisle. No doubt some citizen entertains there some visitor to the town, and Miss Rosa leans back in her chair and smiles at some of the words she catches:

"Purest atmosphere – in the world – litmus paper all long – nothing hurtful – our city – nothing but pure ozone."

The waiter returns for the tray and glasses. As he enters, the girl crushes a little empty pasteboard box in her hand and throws it in a corner. She is stirring something in her glass with her hatpin.

"Why, Miss Rosa," says the waiter with the civil familiarity he uses – "putting salt in your beer this early in the night!"

teilt der große, leise gehende Mann die Vorhänge und blickt hinein. Miss Rosas Augen begegnen den seinen, und eine halbe Minute lang bleiben sie so, schweigend, und kämpfen mit diesen Königswaffen einen Kampf. Darauf läßt der große Mann die Vorhänge zufallen und geht weiter.

Das Orchester hört plötzlich auf zu spielen, und eine wichtigtuerische Stimme ist in einer der Logen den Gang weiter hinunter zu hören. Ohne Zweifel unterhält dort irgendein Bewohner irgendeinen Besucher der Stadt, und Miss Rosa lehnt sich in ihrem Stuhl zurück und lächelt über einige Worte, die sie auffängt:

«Reinste Luft ... von der Welt ... Lackmuspapier überall ... nichts Schädliches ... unsere Stadt ... nichts als reiner Ozon.»

Der Kellner kommt wieder, um das Tablett und die Gläser zu holen. Als er eintritt, zerdrückt das Mädchen eine kleine leere Pappschachtel in ihrer Hand und wirft sie in eine Ecke. Mit ihrer Hutnadel rührt sie etwas in ihrem Glas um.

«Aber Miss Rosa», sagt der Kellner, mit seiner gewohnten zuvorkommenden Vertraulichkeit, «so früh in der Nacht Salz in Ihr Bier zu tun!»

Baldy woods reached for the bottle, and got it. Whenever Baldy went for anything he usually – but this is not Baldy's story. He poured out a third drink that was larger by a finger than the first and second. Baldy was in consultation; and the consultee is worthy of his hire.

"I'd be king if I was you," said Baldy, so positively that his holster creaked and his spurs rattled.

Webb Yeager pushed back his flat-brimmed Stetson, and made further disorder in his straw-coloured hair. The tonsorial recourse being without avail, he followed the liquid example of the more resourceful Baldy.

"If a man marries a queen, it oughtn't to make him a two-spot," declared Webb, epitomising his grievances.

"Sure not," said Baldy, sympathetic, still thirsty, and genuinely solicitous concerning the relative value of the cards. "By rights you're a king. If I was you, I'd call for a new deal. The cards have been stacked on you – I'll tell you what you are, Webb Yeager."

"What?" asked Webb, with a hopeful look in his pale-blue eyes.

"You're a prince-consort."

"Go easy," said Webb. "I never blackguarded you none."

"It's a title," explained Baldy, "up among the picture-cards; but it don't take no tricks. I'll tell you, Webb. It's a brand they're got for certain animals in Europe. Say that you or me or one of them Dutch dukes marries in a royal family. Well, by and by our wife gets to be queen. Are we king? Not in a million years. At the coronation ceremonies we march between little casino and the Ninth Grand Custodian of the Royal Hall Bedchamber.

Baldy Woods griff nach der Flasche und bekam sie. Immer wenn Baldy auf etwas losging, pflegte er ... doch das ist nicht Baldy's Geschichte. Er schenkte sich ein drittes Glas ein und um Fingerbreite höher als beim ersten und zweiten Mal. Baldy wurde um Rat gefragt; und der Ratgeber verdient seinen Lohn.

«Ich wär König, wenn ich du wär», sagte Baldy so ausdrücklich, daß sein Pistolenhalfter knarrte und seine Sporen klirrten.

Webb Yeager schob seinen flachkrempigen Stetson zurück und brachte weitere Unordnung in sein strohfarbenes Haar. Da seine haarkünstlerische Zuflucht nichts half, folgte er dem feuchten Beispiel des einfallsreicheren Baldy.

«Wenn ein Mann eine Dame, eine Königin heiratet, sollte ihn das nicht zu einer Zwei machen», erklärte Webb, seinen Kummer kurz zusammenfassend.

«Gewiß nicht», sagte Baldy einfühlsam, immer noch durstig und aufrichtig bekümmert, was den relativen Wert von Spielkarten anbelangt. «Von Rechts wegen bist du ein König. Wenn ich du wär, würde ich verlangen, daß neu gegeben wird. Die Karten sind dir aufgepackt worden – ich sag dir, was du bist, Webb Yeager.»

«Was?» fragte Webb mit einem hoffnungsvollen Blick seiner hellblauen Augen;

«Du bist ein ‹prince – consort› – ein Prinzgemahl.»

«Sachte», sagte Webb. «Ich habe dich auch nie einen Lumpen geschimpft.»

«Es ist eine Titelbezeichnung», erklärte Baldy, «oben unter den Bildkarten; doch man kann damit nicht bluffen. Ich erklär es dir, Webb. Es ist ein Brandzeichen, das sie in Europa für bestimmte Tiere hernehmen. Stell dir vor, du oder ich oder einer von den holländischen Herzögen heiratet in eine königliche Familie. Nun, bald danach wird unser Weib Königin. Sind wir König? Nicht in einer Million Jahre. Bei den Krönungsfeierlichkeiten marschieren wir zwischen Kleinvieh und dem neunten Großkämmerer des königlichen Schlaf-

The only use we are is to appear in photographs, and accept the responsibility for the heir-apparent. That ain't any square deal. Yes, sir, Webb, you're a prince-consort; and if I was you, I'd start a interregnum or a habeas corpus or somethin'; and I'd be king if I had to turn from the bottom of the deck."

Baldy emptied his glass to the ratification of his Warwick pose.

"Baldy," said Webb, solemnly, "me and you punched cows in the same outfit for years. We been runnin' on the same range, and ridin' the same trails since we was boys. I wouldn't talk about my family affairs to nobody but you. You was line-rider on the Nopalito Ranch when I married Santa McAllister. I was foreman then; but what am I now? I don't amount to a knot in a stake rope."

"When old McAllister was the cattle king of West Texas," continued Baldy with Satanic sweetness, "you was some tallow. You had as much to say on the ranch as he did."

"I did," admitted Webb, "up to the time he found out I was tryin' to get my rope over Santa's head. Then he kept me out on the range as far from the ranch-house as he could. When the old man died they commenced to call Santa the 'cattle queen.' I'm boss of the cattle – that's all. She 'tends to all the business; she handles all the money; I can't sell even a beef-steer to a party of campers, myself. Santa's the 'queen'; and I'm Mr. Nobody."

"I'd be king if I was you," repeated Baldy Woods, the royalist. "When a man marries a queen he ought to grade up with her – on the hoof – dressed – dried – corned – any old way from the chaparral to the packing-house. Lots of folks thinks it's funny, Webb, that you don't have the say-so on
128 the Nopalito. I ain't reflectin' none on Miz Yeager
129 – she's the finest little lady between the Rio Grande

gemachs. Wir sind nur von Nutzen, um auf Fotografien zu erscheinen und um die Verantwortung für den rechtmäßigen Erben zu übernehmen. Das ist überhaupt kein gerechtes Geben. Jawohl, verehrter Webb, du bist ein Prinzgemahl; und wenn ich du wäre, würde ich ein Interregnum oder eine Habeas-Corpus-Akte oder was anderes begründen; und ich wär König, wenn ich die letzte Karte vom Talon zu ziehen hätte.»

Baldy leerte sein Glas und bekräftigte so seine Rolle als Warnick, als «Königsmacher».

«Baldy», sagte Webb feierlich, «du und ich haben jahrelang im selben Haufen Rinder getrieben. Wir waren im selben Gebiet unterwegs und folgten seit unserer Jugend den gleichen Trails. Ich würde zu niemandem als zu dir über meine Familienangelegenheiten reden. Du warst Grenzreiter auf der Nopalito Ranch, als ich Santa McAllister heiratete. Ich war damals Aufseher; doch was bin ich jetzt? Ich gelte nicht mal so viel wie ein Knoten in einem Pflocklasso.»

«Als der alte McAllister Rinderkönig von West Texas war», fuhr Baldy mit teuflischer Sanftheit fort, «warst du ein jemand. Du hattest auf der Ranch ebenso viel zu sagen, wie er.»

«So wars», gab Webb zu, «bis zu dem Zeitpunkt, als er merkte, daß ich mein Lasso über Santas Kopf zu werfen versuchte. Danach hielt er mich im Weidegebiet draußen so weit weg vom Haus wie nur möglich. Als der Alte starb, begannen sie Santa die «Rinderkönigin» zu nennen. Ich bin Boss beim Vieh – das ist alles. Sie kümmert sich ums Geschäft; sie macht alle Geldsachen; ich kann nicht mal selber einen Ochsen an eine Gruppe von Campern verkaufen. Santa ist die ‹Königin›, und ich bin Mr Nobody.»

«Ich wär König, wenn ich du wär;» wiederholte Baldy Woods, der Royalist. «Wenn ein Mann eine Königin heiratet, sollte er gleichziehen mit ihr – ungeschlachtet – gegart – gedörrt – eingepökelt – auf jede bekannte Art zwischen Weidegrund und Konservenfabrik. Viele Leute finden's komisch, Webb, daß du auf der Nopalito nicht das letzte Wort hast. Ich rede nicht schlecht über Miz Yeager – sie ist die feinste kleine Lady zwischen dem Rio Grande und dem nächsten

and next Christmas – but a man ought to be boss of his own camp."

The smooth, brown face of Yeager lengthened to a mask of wounded melancholy. With that expression, and his rumpled yellow hair and guileless blue eyes, he might have been likened to a schoolboy whose leadership had been usurped by a youngster of superior strength. But his active and sinewy seventytwo inches, and his girded revolvers forbade the comparison.

"What was that you called me, Baldy?" he asked. "What kind of a concert was it?"

"A 'consort'," corrected Baldy – "a 'prince-consort.' It's a kind of short-card pseudonym. You come in sort of between Jack-high and a four-card flush".

Webb Yeager sighed, and gathered the strap of his Winchester scabbard from the floor.

"I'm ridin' back to the ranch to-day," he said half-heartedly. "I've got to start a bunch of beeves for San Antone in the morning."

"I'm your company as far as Dry Lake," announced Baldy. "I've got a round-up camp on the San Marcos cuttin' out two-year-olds."

The two *compañeros* mounted their ponies and trotted away from the little railroad settlement, where they had foregathered in the thirsty morning.

At Dry Lake, where their routes diverged, they reined up for a parting cigarette. For miles they had ridden in silence save for the soft drum of the ponies' hoofs on the matted mesquite grass, and the rattle of the chaparral against their wooden stirrups. But in Texas discourse is seldom continuous. You may fill in a mile, a meal, and a murder between your paragraphs without detriment to your thesis. So, without apology, Webb offered an addendum to the conversation that had begun ten miles away.

Weihnachten – doch ein Mann sollte in seinem eigenen Camp der Boss sein.»

Das glatte braune Gesicht Yeagers verlängerte sich zu einer Maske von gekränkter Schwermut. Mit diesem Ausdruck und seinem zerzausten blonden Haar und den arglosen blauen Augen hätte er mit einem Schuljungen verglichen werden können, dem ein größerer und stärkerer Junge die Führerrolle entrissen hatte. Doch seine kraftvollen und sehnigen Einmeterzweiundachtzig und seine umgegürteten Revolver verbaten den Vergleich.

«Als was hast du mich bezeichnet, Baldy?» fragte er. «Was für'ne Art Konzert war das?»

«Ein Konsort», verbesserte Baldy – «ein Prinzgemahl. Es ist ne Art Ausdruck für ne kurze Kartenfolge. Du liegst damit ungefähr zwischen dem Pik-Buben und einem Viererflush.»

Webb Yeager seufzte und hob den Riemen seiner Winchestertasche vom Boden auf.

«Ich reite heut zur Ranch zurück», sagte er kleinmütig. «Morgen früh muß ich eine Herde Rinder für San Antonio aufstellen.»

«Ich leiste dir bis Dry Lake Gesellschaft», erklärte Baldy. «Ich muß zu einem Treibercamp auf der San Marcos Ranch, Zweijährige aussondern.»

Die beiden *compañeros* bestiegen ihre Ponies und trabten aus dem kleinen Stationsort, in dem sie an dem durstigen Morgen zufällig zusammengetroffen waren.

Bei Dry Lake, wo sich ihre Wege trennten, hielten sie für eine Abschiedszigarette an. Meilenlang waren sie schweigend geritten, nur mit dem weichen Getrommel der Ponyhufe auf dem federnden Moskitogras und dem Klappern der Chaparralbüsche gegen ihre hölzernen Steigbügel. Doch in Texas ist das Gespräch selten zusammenhängend. Man kann eine Meile, eine Mahlzeit und einen Mord zwischen seine Ausführungen legen, ohne einer eigenen Behauptung Abbruch zu tun. So bringt Webb, ohne weitere Erklärung, einen Nachtrag zu dem Gespräch, das zehn Meilen entfernt begonnen hatte.

"You remember, yourself, Baldy, that there was a time when Santa wasn't quite so independent. You remember the days when old McAllister was keepin' us apart, and how she used to send me the sign that she wanted to see me? Old man Mac promised to make me look like a colander if I ever come in gunshot of the ranch. You remember the sign she used to send, Baldy – the heart with a cross inside of it?"

"Me?" cried Baldy, with intoxicated archness. "You old sugar-stealing coyote! Don't I remember! Why, you dad-blamed old long-horned turtle-dove, the boys in camp was all cognoscious about them hiroglyphs. The 'gizzard-and-crossbones' we used to call it. We used to see 'em on truck that was sent out from the ranch. They was marked in charcoal on the sacks of flour and in lead-pencil on the newspapers. I see one of 'em once chalked on the back of a new cook that old man McAllister sent out from the ranch – danged if I didn't."

"Santa's father," explained Webb gently, "got her to promise that she wouldn't write to me or send me any word. That heart-and-cross sign was her scheme. Whenever she wanted to see me in particular she managed to put that mark on somethin' at the ranch that she knew I'd see. And I never laid eyes on it but what I burnt the wind for the ranch the same night. I used to see her in that coma mott back of the little horse-corral."

"We knowed it," chanted Baldy; "but we never let on. We was all for you. We knowed why you always kept that fast paint in camp. And when we see that gizzard-and-crossbones figured out on the truck from the ranch we knowed old Pinto was goin' to eat up miles that night instead of grass. You remember Scurry – that educated horse-wrangler we had – the college fellow that tangle-foot drove to the range? Whenever Scurry saw that

«Du erinnerst dich doch wohl, Baldy, daß es eine Zeit gab, in der Santa nicht ganz so unabhängig war. Erinnerst du dich an die Tage, als der alte McAllister uns auseinander hielt, und wie sie mir ein Zeichen zu schicken pflegte, wenn sie mich treffen wollte? Der alte Mac versprach, mich zu einem Sieb zu machen, wenn ich je in Schußnähe der Ranch käme. Erinnerst du dich an das Zeichen, das sie mir immer schickte, Baldy – das Herz mit einem Kreuz darin?»

«Ich mich nicht erinnern?» schrie Baldy mit angetrunkener Schalkhaftigkeit. «Du alter, zuckerstehlender Coyote! Und ob ich mich erinnere! Nun, du gottverdammte, alte, langhörnige Turteltaube, die Jungens im Camp wußten alles über diese Hieroglyphen. ‹Magen-und-gekreuzte-Knochen› pflegten wir sie zu nennen. Wir sahen sie gewöhnlich auf Sachen, die von der Ranch zu uns geschickt wurden. Sie waren mit Holzkohle auf die Mehlsäcke und mit Bleistift auf die Zeitung gezeichnet. Ich sehe sie einmal sogar mit Kreide auf dem Rücken eines neuen Kochs, den der alte McAllister zu uns von der Ranch schickte – verdammt will ich sein, wenn ich's nicht sehe.»

«Santas Vater», erklärt Webb sanft, «nahm ihr das Versprechen ab, mir nicht zu schreiben oder sonstwie ein Wort zukommen zu lassen. Das Herz-und-Kreuz Zeichen hatte sie ausgeheckt. Wann immer sie mich in irgendeiner Sache sprechen wollte, schaffte sie es, das Zeichen auf etwas in der Ranch anzubringen, von dem sie wußte, daß ich es sehen würde. Und niemals sah ich es, ohne in derselben Nacht im Affentempo zur Ranch zu reiten. Ich traf sie immer in dem Gehölz hinter dem kleinen Pferdepferch.»

«Wir wußten's», rühmte Baldy, «doch wir schwatzten es nicht aus. Wir waren ganz auf deiner Seite. Wir wußten, warum du immer den schnellen Schecken im Camp hieltest. Und wenn wir dieses Magen-und-Knochen-über-Kreuz-Zeichen auf den Sachen sahen, die von der Ranch kamen, wußten wir, daß in der folgenden Nacht der alte Pinto Meilen statt Gras fressen würde. Erinnerst du dich an Scurry – diesen gebildeten Pferdehirten, den wir hatten – diesen College-Burschen, den der Whisky ins Weidegebiet trieb? Wenn im-

come-meet-your-honey brand on anything from the ranch, he'd wave his hand like that, and say, 'Our friend Lee Andrews will again swim the Hell's point to-night'".

"The last time Santa send me the sign," said Webb, "was once when she was sick. I noticed it as soon as I hit camp, and I galloped Pinto forty mile that night. She wasn't at the coma mott. I went to the house; and old McAllister met me at the door. 'Did you come here go get killed?' says he; 'I'll disoblige you for once. I just started a Mexican to bring you. Santa wants you. Go in that room and see her. And then come out here and see me.'

"Santa was lyin' in bed pretty sick. But she gives out a kind of a smile, and her hand and mine lock horns, and I sets down by the bed – mud and spurs and chaps and all. 'I've heard you ridin' across the grass for hours, Webb,' she says. 'I was sure you'd come. You saw the sign?' she whispers. 'The minute I hit camp,' says I. ''Twas marked on the bag of potatoes and onions.' 'They're always together,' says she, soft like – 'always together in life.' 'They go well together,' I says, 'in a stew.-' 'I mean hearts and crosses,' says Santa. 'Our sign – to love and to suffer – that's what they mean.'

"And there was old Doc Musgrove amusin' himself with whisky and a palm-leaf fan. And by and by Santa goes to sleep; and Doc feels her forehead; and he says to me: 'You're not such a bad febrifuge. But you'd better slide out now; for the diagnosis don't call for you in regular doses. The little lady'll be all right when she wakes up.'

"I seen old McAllister outside. 'She's asleep,' says I. 'And now you can start in with your colanderwork. Take your time; for I left my gun on my saddle-horn.'

mer Scurry dieses Komm-zu-deiner-Liebsten Brandzeichen auf irgend etwas aus der Ranch sah, dann winkte er immer so mit der Hand und sagte, ‹unserem Freund Lee Andrews wird heute Nacht wieder die Hölle heiß gemacht›.»

«Zum letzten Mal schickte Santa mir das Zeichen», sagte Webb, «als sie einmal krank war. Ich sah es sofort, als ich im Camp eintraf und ließ Pinto vierzig Meilen in jener Nacht nur galoppieren. Sie war nicht in dem Gehölz. Ich ging zum Haus; und der alte McAllister trat mir in der Tür entgegen. ‹Bist du hierher gekommen, um getötet zu werden?› sagt er. ‹Dieses Mal will ich aber nur grob zu dir sein. Ich habe gerade einen Mexikaner losgeschickt, der dich holen sollte. Santa verlangt nach dir. Geh in das Zimmer und sprich mit ihr. Und dann komm wieder heraus und sprich mit mir.›

Santa lag ziemlich krank im Bett. Doch sie zeigt so etwas wie ein Lächeln und ihre Hand und meine umschließen sich fest und ich setze mich neben das Bett – verschmutzt, mit Sporen und in Chaparajos und all dem. ‹Ich habe dich seit Stunden über das Grasland reiten hören. Webb›, sagt sie. ‹Ich war ganz sicher, daß du kommen würdest. Du hast das Zeichen gesehen?› flüstert sie. ‹Gleich als ich im Camp ankam›, sag ich. ‹Es war auf dem Sack mit Kartoffeln und Zwiebeln angebracht.› ‹Sie sind immer zusammen›, sagt sie, sanft wie ... ‹im Leben immer zusammen.› ‹Sie passen gut zusammen›, sage ich, ‹in einen Eintopf.› ‹Ich meine Herzen und Kreuze›, sagt Santa. ‹Unser Zeichen – lieben und leiden – das bedeutet es.›

Und da saß der alte Doc Musgrove, der sich die Zeit mit Whisky und einem Palmblattfächer vertreibt. Und bald schläft Santa ein; und Doc befühlt ihre Stirn; und er sagt zu mir: ‹Du bist gar kein so schlechtes Fiebermittel. Doch besser, du schleichst jetzt hinaus; denn die Diagnose verlangt dich nicht in regelmäßigen Dosen. Der kleinen Lady wird es gut gehen, wenn sie aufwacht.›

Draußen treffe ich den alten McAllister. ‹Sie schläft›, sage ich. ‹Und jetzt kannst du anfangen, mich zum Sieb zu machen. Nimm dir ruhig Zeit, denn ich habe mein Gewehr am Sattelknauf gelassen.›

"Old Mac laughs, and he says to me: 'Pumpin' lead into the best ranch-boss in west Texas don't seem to me good business policy. I don't know where I could get as good a one. It's the son-in-law idea, Webb, that makes me admire for to use you as a target. You ain't my idea for a member of the family. But I can use you on the Nopalito if you'll keep outside of a radius with the ranch-house in the middle of it. You go upstairs and lay down on a cot, and when you get some sleep we'll talk it over'".

Baldy Woods pulled down his hat, and uncurled his leg from his saddle-horn. Webb shortened his rein, and his pony danced, anxious to be off. The two men shook hands with western ceremony.

"*Adios*, Baldy," said Webb, "I'm glad I seen you and had this talk."

With a pounding rush that sounded like the rise of a covey of quail, the riders sped away toward different points of the compass. A hundred yards on his route Baldy reined in on the top of a bare knoll, and emitted a yell. He swayed on his horse; had he been on foot, the earth would have risen and conquered him; but in the saddle he was a master of equilibrium, and laughed at whisky, and despised the centre of gravity.

Webb turned in his saddle at the signal.

"If I was you," came Baldy's strident and perverting tones, "I'd be king!"

At eight o'clock on the following morning Bud Turner rolled from his saddle in front of the Nopalito ranch-house, and stumbled with whizzing rowels toward the gallery. Bud was in charge of the bunch of beef-cattle that was to strike the trail that morning for San Antonio. Mrs. Yeager was on the gallery watering a cluster of hyacinths growing in a red earthenware jar.

"King" McAllister had bequeathed to his daughter many of his strong characteristics – his resolu-

Der alte Mac lacht und sagt zu mir: ‹In den besten Ranch-Boss von West Texas Blei zu pumpen, scheint mir keine gute Geschäftspolitik. Ich weiß nicht, woher ich solch einen guten bekommen könnte. Es ist die Schwiegersohn-Vorstellung, Webb, die macht, daß ich dich liebend gerne als Ziel nähme. Du entsprichst nicht meiner Vorstellung von einem Mitglied der Familie. Doch ich kann dich auf der Nopalito gebrauchen, wenn du dich außerhalb eines Kreises hältst, in dessen Mitte das Ranchhaus liegt. Du gehst jetzt hinauf und machst dich auf einem Feldbett flach und wenn du etwas Schlaf gehabt hast, werden wir es besprechen›.»

Baldy Woods zog seinen Hut tiefer und twistete sein Bein vom Sattelknauf. Webb nahm die Zügel kürzer und sein Pony tänztelte vor lauter Begier loszuschießen. Die beiden Männer schüttelten sich nach Westernbrauch die Hand.

«*Adios*, Baldy», sagte Webb, «ich bin froh, daß ich dich getroffen hab und wir miteinander geredet haben.»

In dröhnendem Vorwärtsstürmen, das wie das Auffliegen eines Wachtelvolkes klang, bewegten sich die Reiter schnell auf unterschiedliche Punkte des Horizonts zu. Nach hundert Metern in seiner Richtung hielt Baldy auf der Spitze einer kahlen Kuppe an und ließ einen Schrei vernehmen. Er schwankte auf seinem Pferd; wäre er auf den Füßen gestanden, hätte sich die Erde aufgebäumt und ihn erobert; doch im Sattel war er ein Meister im Halten des Gleichgewichts und lachte über den Whisky und verachtete den Schwerpunkt.

Webb wandte sich auf das Signal hin im Sattel um.

«Wenn ich du wäre», tönte Baldys schneidende und verführende Stimme, «wäre ich König.»

Um acht Uhr am folgenden Morgen wälzte sich Bud Turner vor dem Ranchhaus der Nopalito aus dem Sattel und stolperte mit klirrenden Sporen auf die Veranda zu. Bud hatte die Aufsicht über die Rinderherde, die an diesem Morgen nach San Antonio auf den Weg gebracht werden sollte. Mrs Yeager war auf der Veranda und goß ein Büschel von Hyazinthen, die in einem roten Tontopf wuchsen.

«König» McAllister hatte seiner Tochter viele seiner starken Charaktereigenschaften vererbt – seine Entschlossenheit,

tion, his gay courage, his contumacious self-reliance, his pride as a reigning monarch of hoofs and horns. *Allegro* and *fortissimo* had been McAllister's tempo and tone. In Santa they survived, transposed to the feminine key. Substantially, she preserved the image of the mother who had been summoned to wander in other and less finite green pastures long before the waxing heads of kine had conferred royalty upon the house. She had her mother's slim, strong figure and grave, soft prettiness that relieved in her the severity of the imperious McAllister eye and the McAllister air of royal independence.

Webb stood on one end of the gallery giving orders to two or three sub-bosses of various camps and outfits who had ridden in for instructions.

"'Morning," said Bud briefly. "Where do you want them beeves to go in town – to Barber's, as usual?"

Now, to answer that had been the prerogative of the queen. All the reins of business – buying, selling, and banking – had been held by her capable fingers. The handling of the cattle had been intrusted fully to her husband. In the days of "King" McAllister, Santa had been his secretary and helper; and she had continued her work with wisdom and profit. But before she could reply, the prince-consort spake up with calm decision:

"You drive that bunch to Zimmerman and Nesbit's pens. I spoke to Zimmerman about it some time ago."

Bud turned on his high boot-heels.

"Wait!" called Santa quickly. She looked at her husband with surprise in her steady grey eyes.

"Why, what do you mean, Webb?" she asked, with a small wrinkle gathering between her brows. "I never deal with Zimmerman and Nesbit. Barber has handled every head of stock from this ranch in that market for five years. I'm not going to take the

seinen fröhlichen Mut, sein eisernes Selbstvertrauen, den Stolz des über Hufe und Hörner regierenden Fürsten. *Allegro* und *fortissimo* waren McAllisters Tempo und Ton gewesen. In Santa lebte dies, in eine weibliche Tonart verwandelt, weiter. Äußerlich war sie das Ebenbild der Mutter, die lange bevor die wachsenden Rinderherden Königswürde über das Haus gebracht hatten, abberufen worden war, um in anderem und weniger endlichem, grünen Weideland zu wandeln. Sie besaß die schlanke kräftige Gestalt und den ernsten sanften Liebreiz ihrer Mutter, wodurch die Strenge der herrischen McAllister-Augen und das McAllister-Gebaren königlicher Unabhängigkeit gemildert wurden.

Webb stand am einen Ende der Veranda und erteilte zwei oder drei Unteraufsehern aus verschiedenen Camps und Viehhirtentrupps, die wegen Anweisungen hereingeritten waren, seine Befehle.

«Morgen», sagte Bud kurz. «Zu wem soll'n die Rinder in die Stadt – zu Barber, wie gewöhnlich?»

Nun, dies zu beantworten, war das Vorrecht der Königin gewesen. Alle Zügel des Geschäftlichen – Kaufen, Verkaufen und Bankangelegenheiten – lagen in ihren fähigen Händen. Die Aufsicht über das Vieh war ganz ihrem Mann anvertraut. In den Tagen «König» McAllisters war Santa seine Sekretärin und Helferin gewesen; und sie hatte ihre Arbeit mit Klugheit und Gewinn fortgesetzt. Doch bevor sie antworten konnte, sprach der Prinzgemahl laut und mit ruhiger Entschiedenheit:

«Treib die Herde zu Zimmerman und Nesbits Pferchen. Ich habe vor einiger Zeit mit Zimmerman darüber gesprochen.»

Bud machte auf seinen hohen Stiefelabsätzen kehrt.

«Warte!» rief Santa schnell. Sie blickte mit Erstaunen in ihren ruhigen grauen Augen ihren Mann an.

«Was meinst du damit, Webb?» fragte sie und eine kleine Falte bildete sich zwischen ihren Augenbrauen. «Ich habe noch nie mit Zimmerman und Nesbit Geschäfte gemacht. Barber hat seit fünf Jahren jedes Stück Vieh von dieser Ranch auf dem Markt dort verkauft. Ich bin nicht bereit,

business out of his hands." She faced Bud Turner. "Deliver those cattle to Barber," she concluded positively.

Bud gazed impartially at the water-jar hanging on the gallery, stood on his other leg, and chewed a mesquite-leaf.

"I want this bunch of beeves to go to Zimmerman and Nesbit," said Webb, with a frosty light in his blue eyes.

"Nonsense," said Santa impatiently. "You'd better start on, Bud, so as to noon at the Little Elm water-hole. Tell Barber we'll have another lot of culls ready in about a month."

Bud allowed a hesitating eye to steal upward and meet Webb's. Webb saw apology in his look, and fancied he saw commiseration.

"You deliver them cattle," he said grimly, "to –"

"Barber," finished Santa sharply. "Let that settle it. Is there anything else you are waiting for, Bud?"

"No, m'm," said Bud. But before going he lingered while a cow's tail could have switched thrice; for man is man's ally; and even the Philistines must have blushed when they took Samson in the way they did.

"You hear your boss!" cried Webb sardonically. He took off his hat, and bowed until it touched the floor before his wife.

"Webb," said Santa rebukingly, "you're acting mighty foolish to-day."

"Court fool, your Majesty," said Webb, in his slow tones, which had changed their quality. "What else can you expect? Let me tell you. I was a man before I married a cattle-queen. What am I now? The laughing-stock of the camps. I'll be a man again."

Santa looked at him closely.

140 "Don't be unreasonable, Webb," she said calmly.
141 "You haven't been slighted in any way. Do I ever

ihm das Geschäft aus den Händen zu nehmen.» Sie wandte das Gesicht Bud Turner zu. «Liefere diese Rinder bei Barber ab», entschied sie fest.

Bud blickte unparteiisch auf die Gießkanne, die in der Veranda hing, wechselte das Standbein und kaute auf einem Halm Moskitogras.

«Ich möchte, daß diese Rinderherde an Zimmerman und Nesbit geht», sagte Webb mit einem eisigen Licht in seinen blauen Augen.

«Unsinn», sagte Santa ungeduldig. «Du brichst jetzt lieber auf, Bud, um am Little Elm Wasserloch Mittagsrast halten zu können. Sag Barber, daß wir in ungefähr einem Monat einen weiteren Trieb Merzvieh bereit haben.»

Bud ließ verstohlen einen zögernden Blick aufwärtswandern, um Webbs Augen zu begegnen. Webb sah Abbitte in seinem Blick, und glaubte, es sei Mitleid.

«Du lieferst diese Rinder», sagte er grimmig, «an . . .»

«Barber», schloß Santa brüsk. «Damit ist es entschieden. Gibt es noch etwas, worauf du wartest, Bud?»

«Nein, *m'm*», sagte Bud. Doch bevor er ging, zauderte er noch so lange, wie eine Kuh braucht, um dreimal mit dem Schwanz zu schlagen; denn der Mann ist Verbündeter des Mannes; und selbst die Philister müssen errötet sein, als sie Samson packten, wie sie es taten.

«Du hörst deinen Boss!» rief Webb höhnisch. Er nahm seinen Hut ab und verbeugte sich, bis er mit ihm den Boden vor seiner Frau berührte.

«Webb», sagte Santa tadelnd, «du handelst heute höchst närrisch.»

«Hofnarr, Eure Majestät», sagte Webb in seiner langsamen Sprechweise, deren Klangfarbe sich geändert hatte. «Was kannst du anderes erwarten? Ich sag dir was. Ich war ein Mann, bevor ich eine Rinderkönigin heiratete. Was bin ich jetzt? Zielscheibe des Spotts in den Camps. Ich will wieder ein Mann sein.»

Santa blickte ihn fest an.

«Sei nicht unvernünftig, Webb», sagte sie besänftigend. «Du bist in keiner Weise zurückgesetzt worden. Misch ich

interfere in your management of the cattle? I know the business side of the ranch much better than you do. I learned it from Dad. Be sensible."

"Kingdoms and queendoms," said Webb, "don't suit me unless I am in the pictures, too. I punch the cattle and your wear the crown. All right. I'd rather be High Lord Chancellor of a cow-camp than the eight-spot in a queen-high flush. It's your ranch; and Barber gets the beeves."

Webb's horse was tied to the rack. He walked into the house and brought out his roll of blankets that he never took with him except on long rides, and his "slicker," and his longest stake-rope of plaited rawhide. These he began to tie deliberately upon his saddle. Santa, a little pale, followed him.

Webb swung up into the saddle. His serious, smooth face was without expression except for a stubborn light that smouldered in his eyes.

"There's a herd of cows and calves," said he, "near the Hondo Water-hole on the Frio that ought to be moved away from timber. Lobos have killed three of the calves. I forgot to leave orders. You'd better tell Simms to attend to it."

Santa laid a hand on the horse's bridle, and looked her husband in the eye.

"Are you going to leave me, Webb?" she asked quietly.

"I am going to be a man again," he answered.

"I wish you success in a praiseworthy attempt," she said, with a sudden coldness. She turned and walked directly into the house.

Webb Yeager rode to the southeast as straight as the topography of West Texas permitted. And when he reached the horizon he might have ridden on into blue space as far as knowledge of him on the Nopalito went. And the days, with Sundays at their head, formed into hebdomadal squads; and the weeks, captained by the full moon, closed ranks

mich jemals in deine Aufsicht über das Vieh? Ich kenne die geschäftliche Seite der Ranch viel besser als du. Ich lernte es von *Dad.* Sei klug.»

«Königreiche und Königinnenreiche», sagte Webb, «passen mir nicht, wenn ich nicht auch unter den Bildkarten bin. Ich treibe die Rinder und du trägst die Krone. Gut so. Ich möchte lieber Lordkanzler in einem Rindercamp sein als acht Augen in einem Pik-Dame-flush. Es ist deine Ranch; und Barber erhält die Rinder.»

Webbs Pferd war an die Futterraufe gebunden. Er ging ins Haus und brachte seine Deckenrolle heraus, die er nie mitnahm, außer auf langen Ritten, seinen Regenumhang und sein längstes Lasso aus ungegerbtem Leder. Dies alles begann er bedächtig an seinem Sattel festzubinden. Santa, ein wenig blaß, folgte ihm.

Webb schwang sich in den Sattel. Sein ernstes glattes Gesicht war ohne Ausdruck mit Ausnahme eines entschlossenen Lichts, das in seinen Augen glomm.

«Da ist eine Herde von Kühen und Kälbern», sagte er, «in der Nähe vom Hondo Wasserloch am Frio; die sollte aus dem Wald getrieben werden. Wölfe haben drei von den Kälbern gerissen. Ich habe vergessen, Anweisungen zu hinterlassen. Am besten gibst du Simms Bescheid, daß er sich darum kümmert.»

Santa legte eine Hand auf das Zaumzeug des Pferdes und sah ihrem Mann in die Augen.

«Willst du mich verlassen, Webb?» fragte sie ruhig.

«Ich will wieder ein Mann sein», antwortete er.

«Ich wünsche dir Erfolg bei dem löblichen Versuch», sagte sie mit plötzlicher Kälte. Sie wandte sich um und ging rasch ins Haus.

Webb Yeager ritt in gerader Richtung, sowie es das Gelände von Westtexas erlaubte, nach Süd-Osten. Und als er den Horizont erreichte, hätte er ins blaue Nichts weiter geritten sein können, was das Wissen über ihn auf der Nopalito betraf. Und die Tage, mit den Sonntagen an der Spitze bildeten sich zu wöchentlichen Gruppen; und die Wochen, angeführt vom Vollmond, schlossen sich auf zu monatlichen

into menstrual companies carrying "Tempus fugit" on their banners; and the months marched on toward the vast camp-ground of the years; but Webb Yeager came no more to the dominions of his queen.

One day a being named Bartholomew, a sheep-man – and therefore of little account – from the lower Rio Grande country, rode in sight of the Nopalito ranch-house, and felt hunger assail him. *Ex consuetudine* he was soon seated at the mid-day diningtable of that hospitable kingdom. Talk like water gushed from him: he might have been smitten with Aaron's rod – that is your gentle shepherd when an audience is vouchsafed him whose ears are not overgrown with wool.

"Missis Yeager," he babbled, "I see a man the other day on the Rancho Seco down in Hidalgo County by your name – Webb Yeager was his. He'd just been engaged as manager. He was a tall, lighthaired man, not saying much. Maybe he was some kin of yours, do you think?"

"A husband," said Santa cordially. "The Seco has done well. Mr. Yeager is one of the best stockmen in the West."

The dropping out of a prince-consort rarely disorganises a monarchy. Queen Santa had appointed as *mayordomo* of the ranch a trusty subject, named Ramsay, who had been one of her father's faithful vassals. And there was scarcely a ripple on the Nopalito ranch save when the gulf-breeze created undulations in the grass of its wide acres.

For several years the Nopalito had been making experiments with an English breed of cattle that looked down with aristocratic contempt upon the Texas long-horns. The experiments were found satisfactory; and a pasture had been set apart for the blue-bloods. The fame of them had gone forth into the chaparral and pear as far as men ride in saddles. Other ranches woke up, rubbed their eyes,

Kompanien, die auf ihren Bannern «tempus fugit» trugen; und die Monate dehnten sich bis zu den weiten Camp-Gründen eines Jahres; doch Webb Yeager kam nicht wieder in die Herrschaftsgebiete seiner Königin.

Eines Tages ritt ein Mensch namens Bartholomew, ein Schafzüchter – und daher von geringer Bedeutung – vom Land am unteren Rio Grande in Sichtweite des Ranchhauses der Nopalito, und er spürte, daß ihn der Hunger überfällt. So wie der Brauch es will, wurde er unverzüglich an den Mittagstisch dieses gastfreundlichen Königreiches gebeten. Wie Wasser sprudelte der Klatsch aus ihm heraus; als hätte man ihn mit Aarons Stab geschlagen – das also ist der artige Schafhirte, wenn ihm Zuhörer gegeben werden, deren Ohren nicht mit Wolle überwachsen sind.

«Missis Yeager», schnatterte er, «ich traf neulich einen Mann auf der Seco Ranch unten im Hidalgo Bezirk mit ihrem Namen – Webb Yeager hieß er. Er war gerade erst als Verwalter eingestellt worden. Er war ein großer blonder Mann, der nicht viel sagte. War vielleicht irgend ein Verwandter von Ihnen, glauben Sie nicht?»

«Ein Ehemann», sagte Santa freundlich. «Die Seco Ranch hat recht getan. Mr Yeager ist einer der besten Viehzüchter hier im Westen.»

Das Verschwinden eines Prinzgemahls bringt ein Königreich kaum in Unordnung. Königin Santa hatte zum *Mayordomus* der Ranch einen verläßlichen Untertanen namens Ramsay ernannt, der einer der getreuen Gefolgsmänner ihres Vaters gewesen war. Und auf der Nopalito kräuselte sich kaum eine Welle, außer wenn die Golfbrise im Gras ihrer weiten Weideflächen Wellenlinien hervorbrachte.

Seit mehreren Jahren hatte die Nopalito Versuche mit einer Rasse von englischen Rindern angestellt, die mit aristokratischer Geringschätzung auf das texanische Langhorn herabsahen. Die Versuche wurden als zufriedenstellend befunden, und für die Blaublüter wurde ein Stück Weideland abgetrennt. Der Ruhm dieser Tiere war im ganzen Busch- und Wiesenland herumgekommen, so weit Männer im Sattel reiten. Andere Ranches erwachten, rieben sich die

and looked with new dissatisfaction upon the longhorns.

As a consequence, one day a sunburned, capable, silk-kerchiefed nonchalant youth, garnished with revolvers, and attended by three Mexican *vaqueros*, alighted at the Nopalito ranch and presented the following business-like epistle to the queen thereof:

Mrs. Yeager – The Nopalito Ranch:

Dear Madam:
I am instructed by the owners of the Rancho Seco to purchase 100 head of two and three-year-old cows of the Sussex breed owned by you. If you can fill the order please deliver the cattle to the bearer; and a check will be forwarded to you at once.

Respectfully,
Webster Yeager,
Manager the Rancho Seco.

Business is business, even – very scantily did it escape being written "especially" – in a kingdom.

That night the 100 head of cattle were driven up from the pasture and penned in a corral near the ranch-house for delivery in the morning.

When night closed down and the house was still, did Santa Yeager throw herself down, clasping that formal note to her bosom, weeping, and calling out a name that pride (either in one or the other) had kept from her lips many a day? Or did she file the letter, in her business way, retaining her royal balance and strength?

Wonder, if you will; but royalty is sacred; and there is a veil. But this much you shall learn:

At midnight Santa slipped softly out of the ranch-house, clothed in something dark and plain.
146 She paused for a moment under the live-oak trees.
147 The prairies were somewhat dim, and the moon-

Augen und blickten mit einer neuen Unzufriedenheit auf die Langhörner.

Folglich stieg eines Tages ein sonnenverbrannter, tüchtiger lässiger, junger Mann mit seidenem Halstuch, ausgestattet mit Revolvern und von drei mexikanischen *vaqueros* begleitet auf der Nopalito Ranch ab und überreichte deren Königin den folgenden geschäftlichen Brief:

Mrs Yeager – Nopalito Ranch

Verehrte Dame,
ich bin von den Eigentümern der Seco Ranch beauftragt, hundert zwei- und dreijährige Kühe der Sussex-Zucht, die Sie besitzen, zu kaufen. Wenn Sie den Auftrag erfüllen können, übergeben Sie bitte dem Überbringer das Vieh, und umgehend wird Ihnen ein Scheck zukommen.

Hochachtungsvoll
Webster Yeager
Verwalter auf der Seco Ranch

Geschäft ist Geschäft, sogar – kaum konnte ich vermeiden zu schreiben «ganz besonders» – in einem Königreich.

An jenem Abend wurden die hundert Stück Vieh von der Weide getrieben und in einem Korral nahe dem Ranchhaus für die Übergabe am Morgen eingepfercht.

Als die Nacht einbrach und es im Haus still war, warf sich da Santa Yeager nieder, drückte sie das förmliche Schreiben an ihre Brust, weinte sie und rief einen Namen, den der Stolz (der des einen oder der des anderen) manchen Tag von ihren Lippen fern gehalten hatte? Oder legte sie auf ihre geschäftliche Art den Brief ab und bewahrte ihre königliche Fassung und Kraft?

Rätsele, wer will; Königswürde ist heilig und es gibt einen Schleier. Doch so viel darf man erfahren:

Um Mitternacht schlüpfte Santa, dunkel und einfach gekleidet, leise aus dem Ranchhaus. Sie hielt einen Augenblick unter den immergrünen Eichen inne. Das Grasland lag ein bißchen im Halbdunkel, und das Mondlicht war blaß orange,

light was pale orange, diluted with particles of an impalpable, flying mist. But the mock-bird whistled on every bough of vantage; leagues of flowers scented the air; and a kindergarten of little shadowy rabbits leaped and played in an open space near by. Santa turned her face to the southeast and threw three kisses thitherward; for there was none to see.

Then she sped silently to the blacksmith-shop, fifty yards away; and what she did there can only be surmised. But the forge glowed red; and there was a faint hammering such as Cupid might make when he sharpens his arrow-points.

Later she came forth with a queer-shaped, handled thing in one hand, and a portable furnace, such as are seen in branding-camps, in the other. To the corral where the Sussex cattle were penned she sped with these things swiftly in the moonlight.

She opened the gate and slipped inside the corral. The Sussex cattle were mostly a dark red. But among this bunch was one that was milky white – notable among the others.

And now Santa shook from her shoulder something that we had not seen before – a rope lasso. She freed the loop of it, coiling the length in her left hand, and plunged into the thick of the cattle.

The white cow was her object. She swung the lasso, which caught one horn and slipped off. The next throw encircled the forefeet and the animal fell heavily. Santa made for it like a panther; but it scrambled up and dashed against her, knocking her over like a blade of grass.

Again she made the cast, while the aroused cattle milled around the four sides of the corral in a plunging mass. This throw was fair; the white cow
148 came to earth again; and before it could rise Santa
149 had made the lasso fast around a post of the corral

abgeschwächt durch Spuren eines kaum merklichen, flüchtigen Nebels. Doch der Spottvogel pfiff auf jedem sich bietenden Zweig; Unmengen Blumen erfüllten die Luft mit Wohlgeruch, und ein Kindergarten kleiner schattengleicher Kaninchen hüpfte und spielte nahebei auf einer freien Fläche. Santa drehte ihr Gesicht nach Südosten und sandte drei Küsse in diese Richtung; denn es war dort niemand zu sehen.

Dann eilte sie leise zur Werkstatt des Hufschmieds fünfzig Yards entfernt; und was sie dort tat, kann nur vermutet werden. Jedoch die Esse glühte rot, und es ertönte ein schwaches Hämmern, so wie Kupido es verursachen mochte, wenn er seine Pfeile spitzt.

Später kam sie heraus, in der einen Hand einen seltsam geformten Gegenstand mit Griff, in der anderen einen tragbaren Ofen, wie man ihn in Camps beim Brandmarken sieht. Damit eilte sie im Mondlicht hastig zu dem Korral, in dem das Sussex Vieh eingepfercht war.

Sie öffnete das Gatter und schlüpfte in den Korral. Das Sussex Vieh war größtenteils dunkelrot gefärbt. Doch unter diesem Trieb befand sich ein Tier, das milchweiß war – auffällig inmitten der anderen.

Nun schüttelte Santa etwas von ihrer Schulter herunter, was man zuvor nicht gesehen hatte – ein Lasso.

Sie machte die Schlinge frei, hielt die Länge aufgewickelt in der linken Hand und tauchte mitten hinein in die Viehherde.

Die weiße Kuh war ihr Ziel. Sie schwang das Lasso, das um ein Horn fiel und wieder abglitt. Der nächste Wurf umfing die Vorderbeine, und das Tier fiel heftig nieder. Santa stürzte zu ihm wie ein Panther, doch es raffte sich auf und stieß gegen sie, warf sie um wie einen Grashalm.

Wieder machte sie einen Wurf, während sich die aufgeregte Viehherde als vorwärtsdrängende Masse entlang der vier Seiten des Korrals beständig im Kreis bewegte. Dieser Wurf gelang; die weiße Kuh kam wieder zu Boden, und bevor sie sich aufrichten konnte, hatte Santa das Lasso mit einem schnellen und einfachen Knoten an einem Pfosten des

with a swift and simple knot, and had leaped upon the cow again with the rawhide hobbles.

In one minute the feet of the animal were tied (no record-breaking deed) and Santa leaned against the corral for the same space of time, panting and lax.

And then she ran swiftly to her furnace at the gate and brought the branding-iron, queerly-shaped and white-hot.

The bellow of the outraged white cow, as the iron was applied, should have stirred the slumbering auricular nerves and consciences of the near-by subjects of the Nopalito, but it did not. And it was amid the deepest nocturnal silence that Santa ran like a lapwing back to the ranch-house and there fell upon a cot and sobbed – sobbed as though queens had hearts as simple ranchmen's wives have, and as though she would gladly make kings of prince-consorts, should they ride back again from over the hills and far away.

In the morning the capable, revolvered youth and his *vaqueros* set forth, driving the bunch of Sussex cattle across the prairies to the Rancho Seco. Ninety miles it was; a six days' journey, grazing and watering the animals on the way.

The beasts arrived at Rancho Seco one evening at dusk; and were received and counted by the foreman of the ranch.

The next morning at eight o'clock a horseman loped out of the brush to the Nopalito ranch-house. He dismounted stiffly, and strode, with whizzing spurs, to the house. His horse gave a great sigh and swayed foam-streaked, with down-drooping head and closed eyes.

But waste not your pity upon Belshazzar, the fleabitten sorrel. To-day, in Nopalito horse-pasture
150 he survives, pampered, beloved, unridden, cher-
151 ished record-holder of long-distance rides.

Korrals festgemacht und sich mit den Fesselriemen wieder auf die Kuh gestürzt.

In einer Minute waren die Beine des Tieres zusammengebunden (keine rekordbrechende Leistung) und Santa lehnte sich schnaufend und schlaff für den gleichen Zeitraum gegen die Einfriedung.

Und dann lief sie hurtig zu ihrem Ofen am Tor und brachte das merkwürdig geformte und weißglühende Brandeisen.

Das Gebrüll der mißhandelten weißen Kuh, als das Eisen aufgedrückt wurde, hätte eigentlich die schlummernden Gehörnerven und das Gewissen der nahen Angehörigen der Nopalito wecken müssen, doch das tat es nicht. Und mitten in tiefster nächtlicher Stille rannte Santa wie ein Kiebitz zurück zum Ranchhaus und fiel dort auf ein Feldbett und schluchzte – schluchzte, als ob Königinnen Herzen wie einfache Rancherfrauen hätten, und als ob sie nur zu gern aus Prinzgemahlen Könige machen würden, sollten sie von hinter den Hügeln und von weit entfernt wieder zurückreiten.

Am Morgen setzten sich der tüchtige, mit Revolvern versehene, junge Mann und seine *vaqueros* in Bewegung, um die Herde Sussex-Vieh über die Prärien zur Seco Ranch zu treiben. Es waren neunzig Meilen; eine Sechs-Tage-Strecke mit Tieren, die unterwegs grasen und getränkt werden mußten.

Die Viehherde traf eines Abends in der Dämmerung auf der Seco Ranch ein und wurde vom Aufseher der Ranch empfangen und gezählt.

Am nächsten Morgen um acht Uhr trottete ein Reiter aus dem Buschwerk zum Nopalito Ranchhaus. Er stieg steif ab und schritt mit klirrenden Sporen zum Haus. Sein Pferd tat einen tiefen Seufzer und schwankte schaumbedeckt mit tief hängendem Kopf und geschlossenen Augen.

Doch verschwende man sein Mitleid nicht auf Belsazar, den rot gesprenkelten Fuchs. Auf der Pferdeweide der Nopalito Ranch lebt er noch heute, als verhätschelter, geliebter, ungerittener, in Ehren gehaltener Spitzenleister auf Langstreckenritten.

The horseman stumbled into the house. Two arms fell around his neck, and someone cried out in the voice of woman and queen alike: "Webb – oh, Webb!"

"I was a skunk," said Webb Yeager.

"Hush," said Santa, "did you see it?"

"I saw it," said Webb.

What they meant God knows; and you shall know, if you rightly read the primer of events.

"Be the cattle-queen," said Webb; "and overlook it if you can. I was a mangy, sheep-stealing coyote."

"Hush!" said Santa again, laying her fingers upon his mouth. "There's no queen here. Do you know who I am? I am Santa Yeager, First Lady of the Bedchamber. Come here."

She dragged him from the gallery into the room to the right. There stood a cradle with an infant in it – a red, ribald, unintelligible, babbling, beautiful infant, sputtering at life in an unseemly manner.

."There's no queen on this ranch," said Santa again. "Look at the king. He's got your eyes, Webb. Down on your knees and look at his Highness."

But jingling rowels sounded on the gallery, and Bud Turner stambled there again with the same query that he had brought, lacking a few days, a year ago.

"'Morning. Them beeves is just turned out on the trail. Shall I drive 'em to Barber's, or –"

He saw Webb and stopped, open-mouthed.

"Ba-ba-ba-ba-ba-ba!" shrieked the king in his cradle, beating the air with his fists.

"You hear your boss, Bud," said Webb Yeager, with a broad grin – just as he had said a year ago.

And that is all, except that when old man Quinn, owner of the Rancho Seco, went out to look over
152 the herd of Suxess cattle that he had bought from
153 the Nopalito ranch, he asked his new manager:

Der Reiter stolperte ins Haus. Zwei Arme schlossen sich um seinen Hals, und jemand rief – und es war zugleich die Stimme einer Frau und einer Königin –: «Webb – oh, Webb!»

«Ich war ein Stinktier», sagte Webb Yeager.

«Scht», sagte Santa, «hast du es gesehen?»

«Ja, ich hab's gesehen», sagte Webb.

Gott weiß, was sie meinten, und ihr werdet es wissen, wenn ihr den Anfang der Ereignisse richtig gelesen habt.

«Bleib du die Viehkönigin», sagte Webb, «und vergiß es, wenn du kannst. Ich war ein lausiger, schafestehlender Coyote.»

«Scht!» sagte Santa wieder und legte ihre Finger auf seinen Mund. «Hier gibt es keine Königin. Weißt du, wer ich bin? Ich bin Santa Yeager, erste königliche Hofdame. Komm mit.»

Sie zog ihn von der Veranda in das Zimmer, das zur rechten Seite lag. Dort stand eine Wiege mit einem Baby – es war ein rosa, keckes, unverständlich babbelndes, wunderschönes Baby, das auf ungehörige Weise gegen das Leben anplärrte.

«Es gibt auf dieser Ranch keine Königin», sagte Santa wieder. «Schau dir den König an. Er hat deine Augen, Webb. Auf die Knie mit dir und schau dir Seine Hoheit an.»

Doch das Klirren von Sporen ertönte auf der Veranda und Bud Turner kam wieder hereingestolpert, mit der gleichen Frage, die er vor knapp einem Jahr vorgebracht hatte.

«Morgen. Die Rinder sind gerade auf'n Weg gebracht worden. Soll ich sie zu Barber treiben oder...»

Er sah Webb und hielt mit offenem Mund inne.

«Ba-ba-ba-ba-ba-ba!» kreischte der König in seiner Wiege und boxte mit seinen Fäusten in die Luft.

«Du hörst deinen Boss, Bud», sagte Webb Yeager mit breitem Grinsen – genau wie er vor einem Jahr gesagt hatte.

Und das ist alles, außer daß der alte Quinn, der Besitzer der Seco Ranch, als er hinausging, um das Sussex Vieh zu besichtigen, das er von der Nopalito Ranch gekauft hatte, seinen neuen Aufseher fragte:

"What's the Nopalito ranch brand, Wilson?"

"X Bar Y," said Wilson.

"I thought so," said Quinn. "But look at that white heifer there; she's got another brand – a heart with a cross inside of it. What brand is that?"

«Wie ist das Brandzeichen der Nopalito Ranch, Wilson?»

«X Strich Y», sagte Wilson.

«Wußte ich doch», sagte Quinn. «Doch schau dir die weiße Färse dort an; sie trägt ein anderes Brandzeichen – ein Herz mit einem Kreuz darin. Was ist das für ein Zeichen?»

A Lickpenny Lover

There were 3000 girls in the Biggest Store. Masie was one of them. She was eighteen and a saleslady in the gents' gloves. Here she became versed in two varieties of human beings – the kind of gents who buy their gloves in department stores and the kind of women who buy gloves for unfortunate gents. Besides this wide knowledge of the human species, Masie had acquired other information. She had listened to the promulgated wisdom of the 2999 other girls and had stored it in a brain that was as secretive and wary as that of a Maltese cat. Perhaps nature, foreseeing that she would lack wise counsellors, had mingled the saving ingredient of shrewdness along with her beauty, as she has endowed the silver fox of the priceless fur above the other animals with cunning.

For Masie was beautiful. She was a deep-tinted blonde, with the calm poise of a lady who cooks butter cakes in a window. She stood behind her counter in the Biggest Store; and as you closed your hand over the tape-line for your glove measure you thought of Hebe; and as you looked again you wondered how she had come by Minerva's eyes.

When the floorwalker was not looking Masie chewed tutti frutti; when he was looking she gazed up as if at the clouds and smiled wistfully.

That is the shopgirl smile, and I enjoin you to shun it unless you are well fortified with callosity of the heart, caramels and a congeniality for the capers of Cupid. This smile belonged to Masie's recreation hours and not to the store; but the floorwalker must have his own. He is the Shylock of the stores. When he comes nosing around the bridge of his nose is a toll-bridge. It is goo-goo eyes or "git" when he looks toward a pretty girl. Of course not all floorwalkers are thus. Only a few days ago the

Ein knausriger Liebhaber

Es gab dreitausend Mädchen im Großkaufhaus. Zu ihnen gehörte Masie. Sie war achtzehn und Verkäuferin in der Abteilung für Herrenhandschuhe. Hier wurde sie vertraut mit zwei Ausprägungen menschlicher Wesen – der Sorte Männer, die ihre Handschuhe in Warenhäusern kauft und der Sorte Frauen, die Handschuhe für bedauernswerte Männer kauft. Neben dieser breiten Kenntnis der menschlichen Art hatte Masie sich noch mehr Wissen angeeignet. Sie hatte der kundgetanen Weisheit der zweitausendneunhundertneunundneunzig anderen Mädchen gelauscht und sie in einem Gehirn verstaut, das so verschlossen und wachsam war wie das einer Malteser Katze. Vielleicht hatte die Natur, vorhersehend, daß es ihr an weisen Ratgebern fehlen würde, ihrer Schönheit die rettende Zutat des Scharfsinnes beigemischt, wie sie den Silberfuchs wegen seines unbezahlbaren Felles mehr als die anderen Tiere mit Schlauheit ausgestattet hatte.

Denn Masie war schön. Sie war von strahlendem Blond, mit der gelassenen Körperhaltung einer Dame, die in einem Schaufenster Butterkuchen zubereitet. Sie stand hinter ihrem Tisch im Großkaufhaus, und wenn sich eure Hand wegen eurer Handschuhgröße um das Maßband schloß, dachtet ihr an Hebe, und nochmals aufblickend, fragtet ihr euch, wie sie zu Minervas Augen gekommen war.

Wenn der Aufseher nicht hersah, kaute Masie Tuttifrutti; wenn er hersah, blickte sie starr nach oben wie auf Wolken und lächelte schmachtend.

Das ist das Ladenmädchenlächeln, und ich schärfe euch ein, es zu meiden, es sei denn, ihr seid reichlich mit Gleichgültigkeit des Herzens und mit Sahnebonbons versehen und seid voller Zustimmung zu Kupidos Schabernack. Dieses Lächeln gehörte zu Masies Erholungsstunden, nicht zum Kaufhaus; doch der Aufseher mußte eins bekommen. Er ist der Shylock der Kaufhäuser. Wenn er kommt und herumschüffelt, ist sein Nasenbein eine Zollbrücke. Er kriegt einen klebrigen Blick, wenn er ein hübsches Mädchen anschaut. Natürlich sind nicht alle Aufseher so. Erst vor wenigen Ta-

papers printed news of one over eighty years of age.

One day Irving Carter, painter, millionaire, traveller, poet, automobilist, happened to enter the Biggest Store. It is due to him to add that his visit was not voluntary. Filial duty took him by the collar and dragged him inside, while his mother philandered among the bronze and terra-cotta statuettes.

Carter strolled across to the glove counter in order to shoot a few minutes on the wing. His need for gloves was genuine; he had forgotten to bring a pair with him. But his action hardly calls for apology, because he had never heard of glove-counter flirtations.

As he neared the vicinity of his fate he hesitated, suddenly conscious of this unknown phase of Cupid's less worthy profession.

Three or four cheap fellows, sonorously garbed, were leaning over the counters, wrestling with the mediatorial hand-coverings, while giggling girls played vivacious second to their lead upon the strident string of coquetry. Carter would have retreated, but he had gone too far. Masie confronted him behind her counter with a questioning look in eyes as coldly, beautifully, warmly blue as the glint of summer sunshine on an iceberg drifting in Southern seas.

And then Irving Carter, painter, millionaire, etc., felt a warm flush rise to his aristocratically pale face. But not from diffidence. The blush was intellectual in origin. He knew in a moment that he stood in the ranks of the ready-made youths who wooed the giggling girls at other counters. Himself leaned against the oaken trysting place of a cockney Cupid with a desire in his heart for the favor of a glove salesgirl. He was no more than Bill and Jack and Mickey. And then he felt a sudden tolerance for them, and an elating, courageous contempt for

gen brachten die Zeitungen die Nachricht von einem, der über achtzig Jahre alt war.

Eines Tages kam Irving Carter, Maler, Millionär, Reisender, Dichter, Autofahrer, in das Großkaufhaus. Zu seiner Entschuldigung muß man hinzufügen, daß sein Besuch nicht aus freien Stücken geschah. Sohnespflicht hatte ihn am Kragen gepackt und hineingezerrt, während seine Mutter zwischen den Bronze- und Terrakottafiguren herumtändelte.

Um sich inzwischen die Zeit zu vertreiben, schlenderte Carter hinüber zur Handschuhabteilung. Er brauchte auch wirklich Handschuhe, da er vergessen hatte, ein Paar mitzunehmen. Doch sein Handeln verlangt kaum nach einer Entschuldigung, da er noch nie von Flirts in Handschuhabteilungen gehört hatte.

Als er in die Nähe seines Schicksals geriet, zögerte er, da ihm plötzlich diese unbekannte Seite von Kupidos weniger achtbarem Beruf bewußt wurde.

Drei oder vier miese, auffällig gekleidete Burschen lehnten über den Tischen und quälten sich mit den Kontakt schaffenden Handbekleidungen ab, während zu ihrer Darbietung kichernde Mädchen auf der schrillen Saite der Koketterie munter die zweite Stimme spielten. Carter hätte sich wohl zurückgezogen, doch er war schon zu weit gegangen. Masie begegnete ihm hinter ihrem Tisch mit einem fragenden Blick in Augen, die von so kühlem, schönem, lebhaften Blau waren, wie der Glanz der Sommersonne auf einem Eisberg, der in südlichen Meeren trieb.

Da spürte Irving Carter, Maler, Millionär usw., eine warme Röte in sein aristokratisch blasses Gesicht aufsteigen. Doch nicht aus Schüchternheit. Das Erröten war echt intellektuell. Ihm war sofort bewußt, daß er auf gleicher Stufe mit den konfektionierten Jünglingen stand, die die kichernden Mädchen an anderen Tischen umwarben. Er selbst lehnte an der eichenen Wirkungsstätte eines Straßenkupidos und trug in seinem Herzen das Verlangen nach der Gunst einer Handschuhverkäuferin. Er war nicht mehr als Bill und Jack und Mickey. Doch dann verspürte er für diese ein plötzliches Gefühl der Duldung und eine freudig erregende, mu-

the conventions upon which he had fed, and an unhesitating determination to have this perfect creature for his own.

When the gloves were paid for and wrapped Carter lingered for a moment. The dimples at the corners of Masie's damask mouth deepened. All gentlemen who bought gloves lingered in just that way. She curved an arm, showing like Psyche's through her shirt-waist sleeve, and rested an elbow upon the show-case edge.

Carter had never before encountered a situation of which he had not been perfect master. But now he stood far more awkward than Bill or Jack or Mickey. He had no chance of meeting this beautiful girl socially. His mind struggled to recall the nature and habits of shop girls as he had read or heard of them. Somehow he had received the idea that they sometimes did not insist too strictly upon the regular channels of introduction. His heart beat loudly at the thought of proposing an unconventional meeting with this lovely and virginal being. But the tumult in his heart gave him courage.

After a few friendly and well-received remarks on general subjects, he laid his card by her hand on the counter.

"Will you please pardon me," he said, "if I seem too bold; but I earnestly hope you will allow me the pleasure of seeing you again. There is my name; I assure you that it is with the greatest respect that I ask the favor of becoming one of your fr– acquaintances. May I not hope for the privilege?"

Masie knew men – especially men who buy gloves. Without hesitation she looked him frankly and smilingly in the eyes, and said:

"Sure, I guess you're all right. I don't usually go
160 out with strange gentlemen, though. It ain't quite
161 ladylike. When should you want to see me again?"

tige Verachtung für die gesellschaftlichen Bräuche, mit denen er aufgewachsen war und eine bereitwillige Entschlossenheit, dieses vollendete Wesen für sich allein zu haben.

Als die Handschuhe bezahlt und verpackt waren, verweilte Carter einen Augenblick lang. Die Grübchen in den Winkeln von Masies damastenem Mund vertieften sich. Alle Herren, die Handschuhe kauften, verweilten auf genau diese Weise. Sie bog einen Arm ab, der sich durch ihren Hemdsärmel wie Psyches Arm ausnahm und stützte den Ellbogen auf die Ecke des Schaukastens.

Carter war nie zuvor einer Situation begegnet, die er nicht völlig beherrscht hätte. Doch jetzt war er weit unbeholfener als Bill oder Jack oder Mickey. Es bot sich ihm keine Möglichkeit, dieses schöne Mädchen auf gesellschaftlicher Ebene zu treffen. Sein Gehirn kämpfte wie wild, um sich zu erinnern, was er über Eigenart und Gewohnheiten von Ladenmädchen gelesen oder gehört hatte. Irgendwie war in ihm der Eindruck entstanden, daß sie manchmal nicht allzu genau auf den üblichen Gepflogenheiten des gegenseitigen Vorstellens bestünden. Sein Herz pochte laut bei dem Gedanken, ein zwangloses Treffen mit diesem entzückenden und jungfräulichen Wesen vorzuschlagen. Doch der Aufruhr in seinem Herzen gab ihm Mut.

Nach ein paar freundlichen und wohlgeneigt aufgenommenen Bemerkungen über allgemeine Themen legte er seine Visitenkarte neben ihre Hand auf den Verkaufstisch.

«Bitte verzeihen Sie mir», sagte er, «wenn ich zu dreist erscheine; doch ich hoffe aufrichtig, daß Sie mir das Vergnügen bereiten, Sie wieder zu sehen. Hier ist mein Name; ich versichere Ihnen, daß ich nur mit größter Hochachtung um die Gunst bitte, einer ihrer Fr. . . Bekannten zu werden. Darf ich auf diesen Vorzug vielleicht hoffen?»

Masie kannte Männer – vor allem Männer, die Handschuhe kaufen. Ohne zu zögern, schaute sie ihm offen und lächelnd in die Augen und sagte:

«Sicher. Ich glaube, Sie sind in Ordnung. Eigentlich pflege ich nicht mit fremden Herren auszugehen. Es ist nicht ganz damenhaft. Wann würden Sie mich wieder sehen wollen?»

"As soon as I may," said Carter. "If you would allow me to call at your home, I –"

Masie laughed musically. "Oh, gee, no!" she said, emphatically. "If you could see our flat once! There's five of us in three rooms. I'd just like to see ma's face if I was to bring a gentleman friend there!"

"Anywhere, then," said the enamored Carter, "that will be convenient to you."

"Say," suggested Masie, with a bright-idea look in her peach-blow face; "I guess Thursday night will about suit me. Suppose you come to the corner of Eighth Avenue and Forty-eighth Street at 7:30. I live right near the corner. But I've got to be back home by eleven. Ma never lets me stay out after eleven."

Carter promised gratefully to keep the tryst, and then hastened to his mother, who was looking about for him to ratify her purchase of a bronze Diana.

A salesgirl, with small eyes and an obtuse nose, strolled near Masie, with a friendly leer.

"Did you make a hit with his nobs, Mase?" she asked, familiarly.

"The gentleman asked permission to call," answered Masie, with the grand air, as she slipped Carter's card into the bosom of her waist.

"Permission to call!" echoed small eyes, with a snigger. "Did he say anything about dinner in the Waldorf and a spin in his auto afterward?"

"Oh, cheese it!" said Masie, wearily. "You've been used to swell things, I don't think. You've had a swelled head ever since that hose-cart driver took you out to a chop suey joint. No, he never mentioned the Waldorf; but there's a Fifth Avenue address on his card, and if he buys the supper you can
162 bet your life there won't be no pigtail on the waiter
163 what takes the order."

«Sobald ich darf», sagte Carter. «Wenn Sie mir erlauben, Sie zu Hause zu besuchen, würde ich . . .»

Masie lachte melodisch. «Oh, Mensch, nein!» sagte sie mit Nachdruck. «Wenn Sie nur mal unsere Wohnung sehen könnten! Wir leben zu fünft in drei Zimmern. Ich würde zu gerne Mamas Gesicht sehen, wenn ich dorthin einen befreundeten Herrn brächte!»

«Dann irgendwo», sagte der entwaffnete Carter, «wo es Ihnen angenehm ist.»

«Hören Sie», schlug Masie mit einem Blick der Erleuchtung auf ihrem rosaroten Porzellangesicht vor, «ich glaube Donnerstag Abend paßt mir ganz gut. Schlage vor, Sie kommen um 7 Uhr 30 an die Ecke der Eighth Avenue und achtundvierzigsten Straße. Ich wohne ganz nah an der Ecke. Doch ich muß um elf Uhr wieder zu Hause sein. Mama erlaubt mir nicht, nach elf Uhr noch aus zu sein.»

Carter versprach dankbar, die Verabredung einzuhalten und eilte dann zu seiner Mutter, die sich suchend nach ihm umsah, damit er ihren Kauf einer bronzenen Diana gutheiße.

Eine Verkäuferin mit kleinen Augen, stumpfer Nase und mit freundlichem Seitenblick kam so nebenbei zu Masie.

«Hast du bei dem hohen Herrn einen Treffer gelandet, Mase?» fragte sie vertraulich.

«Der Gentleman bat um die Erlaubnis eines Besuchs», antwortete Masie mit würdevoller Miene, als sie Carters Visitenkarte in den Ausschnitt ihrer Bluse rutschen ließ.

«Um die Erlaubnis eines Besuchs!» echote die Kleinäugige mit einem Kichern. «Hat er auch irgend etwas über Abendessen im Waldorf und hinterher einer Spritztour in seinem Auto gesagt?»

«Ach, hör' doch auf!» sagte Masie verdrießlich. «Immer blähst du die Dinge zu was auf, woran ich nicht denke. Dein Kopf ist aufgebläht, seit dich dieser Spritzenfahrer in eine chinesische Kotelettbude ausführte. Nein, er hat das Waldorf nicht erwähnt; doch auf seiner Visitenkarte steht eine Adresse auf der Fifth Avenue, und wenn er zum Essen geht, darauf kannst du Gift nehmen, trägt der Ober, der die Bestellung entgegennimmt, keinen Zopf.»

As Carter glided away from the Biggest Store with his mother in his electric runabout, he bit his lip with a dull pain at his heart. He knew that love had come to him for the first time in all the twenty-nine years of his life. And that the object of it should make so readily an appointment with him at a street corner, though it was a step toward his desires, tortured him with misgivings.

Carter did not know the shopgirl. He did not know that her home is often either a scarcely habitable tiny room or a domicile filled to overflowing with kith and kin. The street-corner is her parlor, the park is her drawing-room; the avenue is her garden walk; yet for the most part she is as inviolate mistress of herself in them as is my lady inside her tapestried chamber.

One evening at dusk, two weeks after their first meeting, Carter and Masie strolled arm-in-arm into a little, dimly-lit park. They found a bench, tree-shadowed and secluded, and sat there.

For the first time his arm stole gently around her. Her golden-bronze head slid restfully against his shoulder.

"Gee!" sighed Masie, thankfully. "Why didn't you ever think of that before?"

"Masie," said Carter, earnestly, "you surely know that I love you. I ask you sincerely to marry me. You know me well enough by this time to have no doubts of me. I want you, and I must have you. I care nothing for the difference in our stations."

"What is the difference?" asked Masie, curiously.

"Well, there isn't any," said Carter, quickly, "except in the minds of foolish people. It is in my power to give you a life of luxury. My social position is beyond dispute, and my means are ample."

164 "They all say that," remarked Masie. "It's the
165 kid they all give you. I suppose you really work in

Als Carter mit seiner Mutter in seinem Elektromobil vom Großkaufhaus davonglitt, biß er sich mit einem dumpfen Schmerz im Herzen auf die Lippen. Er wußte, daß ihn zum ersten Mal in den neunundzwanzig Jahren seines Lebens die Liebe überkommen hatte. Und daß das geliebte Wesen so ohne weiteres mit ihm eine Verabredung an einer Straßenecke getroffen hatte, quälte ihn, obwohl es seinen Wünschen entgegenkam, mit Zweifeln.

Carter kannte die Ladenmädchen nicht. Er wußte nicht, daß ihr Zuhause häufig entweder ein kaum bewohnbares winziges Zimmer ist oder eine bis zum Überquellen mit Kind und Kegeln gefüllte Wohnung. Die Straßenecke ist ihr Besuchszimmer, der Park ihr Wohnzimmer, die Promenaden ihr Gartenweg. Dennoch sind sie größtenteils an all diesen Orten ebenso unversehrte Herrinnen ihrer selbst, wie meine Liebste in ihrem teppichbehängten Gemach.

An einem Abend in der Dämmerung, zwei Wochen nach ihrem ersten Stelldichein, schlenderten Carter und Masie Arm in Arm in einen kleinen, schwach erleuchteten Park. Sie fanden eine von Bäumen beschattete, abgelegene Bank und setzten sich dort nieder.

Zum ersten Mal stahl sich sein Arm sanft um sie. Ihr Kopf mit dem goldbronzenen Haar sank friedvoll auf seine Schulter.

«Mensch!» seufzte Masie dankbar. «Warum bist du nicht schon früher darauf gekommen?»

«Masie», sagte Carter ernst, «du weißt ja gewiß, daß ich dich liebe. Ich bitte dich in aller Aufrichtigkeit, mich zu heiraten. Du kennst mich inzwischen gut genug, um an mir keine Zweifel zu hegen. Ich möchte dich haben und ich muß dich haben. Unser Standesunterschied kümmert mich nicht.»

«Was ist der Unterschied?» fragte Masie neugierig.

«Nun, es gibt keinen», sagt Carter rasch, «außer in den Köpfen von törichten Leuten. Es liegt in meiner Macht, dir ein Leben in Luxus zu bieten. Meine gesellschaftliche Stellung ist unumstritten und meine Mittel sind unbegrenzt.»

«Das sagen sie alle», bemerkt Masie. «So foppen sie einen immer. Ich vermute, daß du eigentlich in einem Feinkost-

a delicatessen or follow the races. I ain't as green as I look."

"I can furnish you all the proofs you want," said Carter, gently. "And I want you, Masie. I loved you the first day I saw you."

"They all do," said Masie, with an amused laugh, "to hear 'em talk. If I could meet a man that got stuck on me the third time he'd seen me I think I'd get mashed on him."

"Please don't say such things," pleaded Carter. "Listen to me, dear. Ever since I first looked into your eyes you have been the only woman in the world for me."

"Oh, ain't you the kidder!" smiled Masie. "How many other girls did you ever tell that?"

But Carter persisted. And at length he reached the flimsy, fluttering little soul of the shopgirl that existed somewhere deep down in her lovely bosom. His words penetrated the heart whose very lightness was its safest armor. She looked up at him with eyes that saw. And a warm glow visited her cool cheeks. Tremblingly, awfully, her moth wings closed, and she seemed about to settle upon the flower of love. Some faint glimmer of life and its possibilities on the other side of her glove counter dawned upon her. Carter felt the change and crowded the opportunity.

"Marry me, Masie," he whispered softly, "and we will go away from this ugly city to beautiful ones. We will forget work and business, and life will be one long holiday. I know where I should take you – I have been there often. Just think of a shore where summer is eternal, where the waves are always rippling on the lovely beach and the people are happy and free as children. We will sail to those shores and remain there as long as you please. In one of those far-away cities there are grand and lovely palaces and towers full of beauti-

laden arbeitest oder bei den Pferderennen setzt. Ich bin nicht so grün, wie ich aussehe.»

«Ich kann dir alle Beweise liefern, die du verlangst», sagte Carter sanft. «Und ich brauche dich, Masie. Ich liebe dich, seit ich dich zum erstenmal sah.»

«Tun sie alle», sagte Masie mit belustigtem Lachen, «jedenfalls sagen sie's. Wenn ich einen Mann träfe, der nicht beim dritten Mal ganz verschossen in mich ist, würde ich bestimmt auf ihn fliegen.»

«Bitte sag' so etwas nicht», bat Carter flehentlich. «Hör mir zu, Liebes. Seit ich zum ersten Mal in deine Augen blickte, warst du für mich die einzige Frau auf der Welt.»

«Oh, bist du ein Schmeichler!» lächelte Masie. «Wie vielen anderen Mädchen hast du das schon gesagt.»

Doch Carter blieb bei seiner Behauptung. Und mit der Zeit erreichte er die zarte, flatternde, kleine Seele des Ladenmädchens, die irgendwo tief unten in ihrer reizenden Brust lebte. Seine Worte durchdrangen das Herz, dessen vollkommene Leichtigkeit sein sicherster Schutz war. Sie blickte zu ihm auf mit Augen, die sahen. Und eine warme Röte überzog ihre kühlen Wangen. Zitternd und ehrerbietig schlossen sich ihre Nachtfalterflügel, und sie schien bereit, sich auf der Blume der Liebe niederzulassen. Eine schwache Ahnung von dem Leben und seinen Möglichkeiten auf der anderen Seite ihres Verkaufstisches für Handschuhe dämmerte in ihr. Carter spürte die Veränderung und nutzte drängend die Gelegenheit.

«Heirate mich, Masie», flüsterte er weich, «und wir werden aus dieser häßlichen Stadt fortreisen zu schönen Städten. Wir werden Arbeit und Geschäft vergessen. Das Leben wird eine einzige lange Ferienzeit sein. Ich weiß, wohin ich dich mitnehmen muß . . . ich bin oft dort gewesen. Stell dir einmal eine Küste vor, wo der Sommer ewig dauert, wo die Wellen immer gegen den wunderschönen Strand kräuseln, und die Menschen glücklich und frei wie Kinder sind. Wir werden zu jenen Ufern segeln und dort bleiben, so lange es dir gefällt. In einer jener weit entfernten Städte gibt es große und herrliche Paläste und Türme voller wunderschöner Bil-

ful pictures and statues. The streets of the city are water, and one travels about in –"

"I know," said Masie, sitting up suddenly. "Gondolas."

"Yes," smiled Carter.

"I thought so," said Masie.

"And then," continued Carter, "we will travel on and see whatever we wish in the world. After the European cities we will visit India and the ancient cities there, and ride on elephants and see the wonderful temples of the Hindoos and Brahmins and the Japanese gardens and the camel trains and chariot races in Persia, and all the queer sights of foreign countries. Don't you think you would like it, Masie?"

Masie rose to her feet.

"I think we had better be going home," she said, coolly. "It's getting late."

Carter humored her. He had come to know her varying, thistle-down moods, and that it was useless to combat them. But he felt a certain happy triumph. He had held for a moment, though but by a silken thread, the soul of his wild Psyche, and hope was stronger within him. Once she had folded her wings and her cool hand had closed about his own.

At the Biggest Store the next day Masie's chum, Lulu, waylaid her in an angle of the counter.

"How are you and your swell friend making it?" she asked.

"Oh, him?" said Masie, patting her side curls, "He ain't in it any more. Say, Lu, what do you think that fellow wanted me to do?"

"Go on the stage?" guessed Lulu, breathlessly.

"Nit; he's too cheap a guy for that. He wanted me to marry him and go down to Coney Island for a wedding tour!"

der und Statuen. Die Straßen der Stadt bestehen aus Wasser und man bewegt sich ...»

«Ich weiß», sagte Masie und richtete sich jäh auf, «in Gondeln.»

«Ja», lächelte Carter.

«Dacht ich mir's doch», sagte Masie.

«Und dann», fuhr Carter fort, «reisen wir weiter und sehen uns in der Welt an, was wir wollen. Nach den europäischen Städten werden wir Indien und dort die uralten Städte besuchen und auf Elefanten reiten und die wundervollen Tempel der Hindus und Brahmanen sehen und die japanischen Gärten und die Kamelkarawanen und die Wagenrennen in Persien und alle seltsamen Sehenswürdigkeiten fremder Länder. Glaubst du nicht, daß dir das gefallen würde, Masie?»

Masie stand auf.

«Ich glaube, es ist besser, wenn wir heimgehen», sagte sie kühl. «Es ist spät geworden.»

Carter ließ ihr den Willen. Er war inzwischen vertraut mit ihren wechselnden wolkigen Stimmungen und wußte, daß es zwecklos war, sie zu bekämpfen. Doch er empfand einen gewissen beglückenden Triumph. Er hatte einen Augenblick lang, wenn auch nur an einem seidenen Faden, die Seele seiner wilden Psyche gehalten, und die Hoffnung war in ihm gewachsen. Einmal jedenfalls hatte sie ihre Flügel entfaltet, und ihre kühle Hand hatte sich um die seine geschlossen.

Im Großkaufhaus fing am nächsten Tag Masies dickste Freundin, Lulu, sie in einer Ecke des Verkaufsraumes ab.

«Wie steht's denn mit dir und deinem vornehmen Freund?» fragte sie.

«Oh, der?» sagte Masie und strich über ihre Seitenlocken, «mit dem ist es aus. Was glaubst du wohl, Lu, was der Kerl mit mir wollte?»

«Daß du zur Bühne gehst?» riet Lulu atemlos.

«Nix da; dafür ist er ein viel zu schäbiger Bursche. Er wollte, daß ich ihn heirate und dann die Hochzeitsreise nach Coney Island mache!»

A Blackjack Bargainer

The most disreputable thing in Yancey Goree's law office was Goree himself, sprawled in his creaky old armchair. The rickety little office, built of red brick, was set flush with the street – the main street of the town of Bethel.

Bethel rested upon the foot-hills of the Blue Ridge. Above it the mountains were piled to the sky. Far below it the turbid Catawba gleamed yellow along its disconsolate valley.

The june day was at its sultriest hour. Bethel dozed in the tepid shade. Trade was not. It was so still that Goree, reclining in his chair, distinctly heard the clicking of the chips in the grand-jury room, where the "courthouse gang" was playing poker. From the open back door of the office a well-worn path meandered across the grassy lot to the court-house. The treading out of that path had cost Goree all he ever had – first inheritance of a few thousand dollars, next the old family home, and, latterly the last shreds of his self-respect and manhood.

The "gang" had cleaned him out. The broken gambler had turned drunkard and parasite; he had lived to see this day come when the men who had stripped him denied him a seat at the game. His word was no longer to be taken. The daily bouts at cards had arranged itself accordingly, and to him was assigned the ignoble part of the onlooker. The sheriff, the county clerk, a sportive deputy, a gay attorney, and a chalk-faced man hailing "from the valley", sat at table, and the sheared one was thus tacitly advised to go and grow more wool.

Soon wearying of his ostracism, Goree had departed for his office, muttering to himself as he unsteadily traversed the unlucky pathway. After a drink of corn whiskey from a demijohn under the

Ein Handel am Blackjack

Das, was sich am wenigsten in Yancey Gorees Kanzlei empfahl, war Goree selber, der hingerekelt in seinem knarrenden alten Sessel saß. Das verkommene, kleine, aus roten Ziegeln gebaute Büro war ebenerdig mit der Straße . . . der Hauptstraße der Stadt Bethel.

Bethel lag auf den Ausläufern der Blue Ridge. Hinter dem Ort türmten sich die Berge zum Himmel auf. Tief unter ihm führte der schlammige Catawba sein gelb schimmerndes Wasser durch das trostlose Tal.

Der Junitag hatte seine drückendste Stunde erreicht. Bethel döste im stickigen Schatten. Die Geschäfte ruhten. Es war so still, daß Goree im Sessel zurückgelehnt deutlich das Klicken der Spielmarken im großen Schöffensaal hören konnte, wo die «Gerichtshausbande» Poker spielte. Von der geöffneten Hintertür des Büros wand sich ein ausgetretener Pfad durch das grasbedeckte Stück Land zum Gerichtsgebäude. Das viele Begehen dieses Pfades hatte Goree alles gekostet, was er je besessen hatte – erst die Erbschaft von ein paar tausend Dollar, als nächstes den alten Familienbesitz und am Ende die letzten Reste seiner Selbstachtung und Mannhaftigkeit. Die «Bande» hatte ihn ausgepowert. Der bankrotte Spieler war zum Trinker und Schmarotzer geworden; er hatte nur gelebt, um den Tag zu sehen, an dem die Männer, die ihn ausgeplündert hatten, ihm seinen Platz am Spieltisch verweigerten. Sein Wort galt nichts mehr. Die tägliche Kartenrunde hatte sich entsprechend geeinigt und ihm die unwürdige Rolle des Zuschauers zugeschoben. Der Sheriff, der Bezirksschreiber, ein kurzweiliger Abgeordneter, ein lustiger Rechtsanwalt und ein kreidebleicher Mann, der aus dem Tal stammte, saßen am Spieltisch. Dem Kahlgeschorenen wurde auf diese Weise wortlos empfohlen, zu gehen und sich das Fell nachwachsen zu lassen.

Goree, der bald solcher Ächtung überdrüssig wurde, war schwankend und in sich hineinbrummelnd über den unglückseligen Pfad in sein Büro gegangen. Nach einem Schluck Maisschnaps aus einer großen Korbflasche unter

table, he had flung himself into the chair, staring, in a sort of maudlin apathy, out at the mountains immersed in the summer haze. The little white patch he saw away up on the side of Blackjack was Laurel, the village near which he had been born and bred. There, also, was the birthplace of the feud between the Gorees and the Coltranes. Now no direct heir of the Gorees survived except this plucked and singed bird of misfortune. To the Coltranes, also, but one male supporter was left – Colonel Abner Coltrane, a man of substance and standing, a member of the State Legislature, and a contemporary with Goree's father. The feud had been a typical one of the region; it had left a red record of hate, wrong and slaughter.

But Yancey Goree was not thinking of feuds. His befuddled brain was hopelessly attacking the problem of the future maintenance of himself and his favorite follies. Of late, old friends of the family had seen to it that he had whereof to eat and a place to sleep, but whiskey they would not buy for him, and he must have whiskey. His law business was extinct; no case had been intrusted to him in two years. He had been a borrower and a sponge, and it seemed that if he fell no lower it would be from lack of opportunity. One more chance – he was saying to himself – if he had one more stake at the game, he thought he could win; but he had nothing left to sell, and his credit was more than exhausted.

He could not help smiling, even in his misery, as he thought of the man to whom, six months before, he had sold the old Goree homestead. There had come from "back yan'" in the mountains two of the strangest creatures, a man named Pike Garvey and his wife. "Back yan'", with a wave of the hand toward the hills, was understood among the mountaineers to designate the remotest fastnesses, the unplumbed gorges, the haunts of lawbreakers, the

dem Tisch hatte er sich in seinen Sessel geworfen und starrte in einer Art weinerlicher Teilnahmslosigkeit auf die in Sommerdunst eingetauchten Berge. Der kleine weiße Fleck, den er weiter oben am Hang des Blackjack sah, war Laurel, das Dorf, in dessen Nähe er geboren und aufgewachsen war. Dort war auch der Geburtsort der Fehde zwischen den Gorees und den Coltranes. Jetzt war kein unmittelbarer Erbe der Gorees mehr am Leben, außer diesem gerupften und gesengten Unglücksvogel. Bei den Coltranes war auch nur noch ein männlicher Namensträger übrig – Colonel Abner Coltrane, ein vermögender und angesehener Mann, ein Mitglied der Staatslegislative und ein Altersgenosse von Gorees Vater. Die Fehde war bezeichnend für diese Gegend gewesen; sie hatte eine rote Spur von Haß, Unrecht und Gemetzel hinterlassen.

Doch Yancey Goree dachte nicht an Fehden. Sein beduseltes Gehirn ging verzweifelt das Problem seines eigenen Unterhalts und das seiner Lieblings-Laster an. In letzter Zeit hatten sich alte Freunde der Familie darum gekümmert, daß er zumindest zu essen und einen Schlafplatz hatte, doch Whisky würden sie ihm nicht kaufen, und er mußte Whisky haben. Seine Anwaltstätigkeit war beendet; seit zwei Jahren war ihm kein Fall mehr anvertraut worden. Er war ein Borger und Schmarotzer gewesen und es schien, daß er nur aus Mangel an Gelegenheit nicht noch tiefer sinken würde. Nur noch eine Chance – sagte er zu sich selbst – wenn er noch einmal einen Einsatz im Spiel hätte, glaubte er, gewinnen zu können; doch hatte er nichts mehr zu verkaufen, und seine Kreditwürdigkeit war mehr als ausgeschöpft.

Er konnte, selbst in seinem Elend, ein Lächeln nicht unterdrücken, als er an den Mann dachte, dem er vor sechs Monaten die alte Heimstätte der Gorees verkauft hatte. Da waren von «weit dahinten» in den Bergen zwei der wunderlichsten Wesen gekommen: ein Mann namens Pike Garvey und seine Frau. «Weit dahinten», mit einer Handbewegung in Richtung auf die Höhenzüge, so wurden von den Bergbewohnern die entlegensten Orte bezeichnet, unergründliche Schluchten, die Schlupfwinkel von Gesetzesbrechern, die Höhle des

wolf's den, and the boudoir of the bear. In the cabin far up on Blackjack's shoulder, in the wildest part of these retreats, this odd couple had lived for twenty years. They had neither dog nor children to mitigate the heavy silence of the hills. Pike Garvey was little known in the settlements, but all who had dealt with him pronounced him "crazy as a loon". He acknowledged no occupation save that of a squirrel hunter, but he "moonshined" occasionally by way of diversion. Once the "revenues" had dragged him from his lair, fighting silently and desperately like a terrier, and he had been sent to state's prison for two years. Released, he popped back into his hole like an angry weasel.

Fortune, passing over many anxious wooers, made a freakish flight into Blackjack's bosky pockets to smile upon Pike and his faithful partner.

One day a party of spectacled, knickerbockered, and altogether absurd prospectors invaded the vicinity of the Garveys' cabin. Pike lifted his squirrel rifle off the hooks and took a shot at them at long range on the chance of their being revenues. Happily he missed, and the unconscious agents of good luck drew nearer, disclosing their innocence of anything resembling law or justice.

Later on, they offered the Garveys an enormous quantity of ready, green, crisp money for their thirty-acre patch of cleared land, mentioning, as an excuse for such a mad action, some irrelevant and inadequate nonsense about a bed of mica underlying the said property.

When the Garveys became possessed of so many dollars that they faltered in computing them, the deficiencies of life on Blackjack began to grow prominent. Pike began to talk of new shoes, a hogs-
174 head of tobacco to set in the corner, a new lock to
175 his rifle; and, leading Martella to a certain spot on

Wolfes und das Privatgemach des Bären. In einer Hütte hoch oben auf dem Rücken des Blackjack, im wildesten Gebiet dieser Einsamkeit hatte das merkwürdige Paar zwanzig Jahre lang gelebt. Sie besaßen weder Hund noch Kinder, um das tiefe Schweigen auf den Höhen zu mildern. Pike Garvey war in den Siedlungen nur wenig bekannt, doch alle, die mit ihm zu tun gehabt hatten, nannten ihn einen Spinner. Er erkannte keine andere Beschäftigung als die eines Eichhörnchenjägers an, allerdings betrieb er gelegentlich aus Zeitvertreib Schwarzbrennerei. Einmal hatte ihn der Fiskus von seinem Lager gezerrt, wobei er schweigsam und verzweifelt wie ein Terrier kämpfte, und ihn zwei Jahre lang in ein Staatsgefängnis gesetzt. Wieder auf freiem Fuß, flitzte er wie ein ärgerliches Wiesel zurück in sein Loch.

Das Glück, das über viele begierige Freier hinwegging, unternahm einen launigen Flug in die waldigen Verstecke des Blackjack, um Pike und seiner treuen Gattin zuzulächeln.

Eines Tages drang eine Gruppe bebrillter, mit Knickerbokkern bekleideter und ganz und gar ungereimter Goldsucher in die Umgebung von Garveys Hütte ein. Pike nahm sein Eichhörnchengewehr vom Haken und gab vorsorglich aus großer Entfernung einen Schuß auf sie ab, für den Fall, daß sie vom Fiskus sein sollten. Glücklicherweise verfehlte er sie, und die unwissentlichen Vermittler des Glücks rückten näher heran, wobei sie ihre Ahnungslosigkeit in allem, was mit Gesetz oder Recht zu tun hätte, offenbarten. Später boten sie den Garveys eine riesige Menge handgreiflicher grüner, knisternder Geldscheine für ihr dreißig Morgen gerodetes Stück Land an und erwähnten, als Rechtfertigung für eine so verrückte Tat, irgendeinen belanglosen und unangemessenen Unsinn über eine Glimmerader, die unter dem besagten Grundstück verlief.

Als die Garveys in den Besitz von so vielen Dollars kamen, daß sie sich schwer taten, sie zu zählen, begannen die Unzulänglichkeiten des Lebens auf dem Blackjack auffallend zu werden. Pike fing an, von neuen Schuhen, einem Faß Tabak in einer Ecke des Zimmers, einem neuen Gewehrschloß zu sprechen; und eines Tages führte er Martella zu einem be-

the mountain-side, he pointed out to her how a small cannon – doubtless a thing not beyond the scope of their fortune in price – might be planted so as to command and defend the sole accessible trail to the cabin, to the confusion of revenues and meddling strangers forever.

But Adam reckoned without his Eve. These things represented to him the applied power of wealth, but there slumbered in his dingy cabin an ambition that soared far above his primitive wants. Somewhere in Mrs. Garvey's bosom still survived a spot of feminity unstarved by twenty years of Blackjack. For so long a time the sounds in her ears had been the scaly-barks dropping in the woods at noon, and the wolves singing among the rocks at night, and it was enough to have purged her vanities. She had grown fat and sad and yellow and dull. But when the means came, she felt a rekindled desire to assume the perquisites of her sex – to sit at tea tables; to buy inutile things; to whitewash the hideous veracity of life with a little form and ceremony. So she coldly vetoed Pike's proposed system of fortifications, and announced that they would descend upon the world, and gyrate socially.

And thus, at length, it was decided, and the thing done. The village of Laurel was their compromise between Mrs. Garvey's preference for one of the large valley towns and Pike's hankering for primeval solitudes. Laurel yielded a halting round of feeble social distractions comportable with Martella's ambitions, and was not entirely without recommendation to Pike, its contiguity to the mountains presenting advantages for sudden retreat in case fashionable society should make it advisable.

Their descent upon Laurel had been coincident
 with Yancey Goree's feverish desire to convert
 property into cash, and they bought the old Goree

stimmten Punkt am Berghang und erklärte ihr, wie eine kleine Kanone – zweifellos kostenmäßig nicht außerhalb der Reichweite ihres Vermögens – so aufgestellt werden könnte, daß sie den einzigen ersteigbaren Pfad zu ihrer Hütte, zum Schrecken von Abgesandten des Fiskus und zudringlicher Fremder, für alle Zeiten beherrschen und verteidigen würde.

Doch Adam hatte nicht mit seiner Eva gerechnet. Diese Dinge stellten für ihn die angewandte Macht des Reichtums dar, doch in seiner schäbigen Hütte schlummerte ein Ehrgeiz, der weit über seinen einfachen Bedürfnissen schwebte. Irgendwo in Mrs Garveys Brust hatte noch ein Stückchen Weiblichkeit überlebt, das trotz zwanzig Jahren Blackjack nicht verhungert war. Für eine so lange Zeit waren die Geräusche, die sie vernahm, nur das abendliche Herabfallen von Rindenschuppen in den Wäldern und das nächtliche Heulen der Wölfe zwischen den Felsen gewesen, und das reichte, um ihr Eitelkeiten auszutreiben. Sie war fett und traurig und gelb und gefühllos geworden. Doch als die Mittel kamen, verspürte sie einen wiederauflebenden Wunsch, die Vorrechte ihres Geschlechts zu beanspruchen – an Teetischen zu sitzen, nutzlose Dinge zu kaufen, die häßlichen Wahrheiten des Lebens mit ein wenig Sitte und Förmlichkeit zu übertünchen. Also lehnte sie Pikes vorgeschlagenen Befestigungsplan kühl ab und verkündete, daß sie in die Welt hinab- und gesellschaftlich aufsteigen würden.

Und so wurde die Sache schließlich auch entschieden und unternommen. Das Dorf Laurel war das Mittelding zwischen Mrs Garveys Vorliebe für eine größere Stadt im Tal und Pikes Verlangen nach ursprünglichen Einsamkeiten. Laurel bot einen schleppenden Kreislauf lahmer gesellschaftlicher Unterhaltungen, die zu Martellas Ansprüchen paßten und war nicht ohne annehmbare Eigenschaften für Pike, da die Nähe zu den Bergen Vorteile für einen plötzlichen Rückzug bot, falls das irgendeine vornehme Gesellschaft ratsam machen sollte.

Ihr Abstieg nach Laurel war mit Yancey Gorees fieberhaftem Begehren, Besitztum in Bargeld zu verwandeln, zusammengefallen, und sie kauften die alte Heimstatt der Gorees,

homestead, paying four thousand dollars ready money into the spendthrift's shaking hands.

Thus it happened that while the disreputable last of the Gorees sprawled in his disreputable office, at the end of his row, spurned by the cronies whom he had gorged, strangers dwelt in the halls of his fathers.

A cloud of dust was rolling slowly up the parched street, with something travelling in the midst of it. A little breeze wafted the cloud to one side, and a new, brightly painted carryall, drawn by a slothful gray horse, became visible. The vehicle deflected from the middle of the street as it neared Goree's office, and stopped in the gutter directly in front of his door.

On the front seat sat a gaunt, tall man, dressed in black broadcloth, his rigid hands incarcerated in yellow kid gloves. On the back seat was a lady who triumphed over the June heat. Her stout form was armoured in a skin-tight silk dress of the description known as "changeable," being a gorgeous combination of shifting hues. She sat erect, waving a much-ornamented fan, with her eyes fixed stonily far down the street. However Martella Garvey's heart might be rejoicing at the pleasures of her new life, Blackjack had done his work with her exterior. He had carved her countenance to the image of emptiness and inanity; had imbued her with the stolidity of his crags, and the reserve of his hushed interiors. She always seemed to hear, whatever her surroundings were, the scaly-barks falling and pattering down the mountainside. She could always hear the awful silence of Blackjack sounding through the stillest of nights.

Goree watched this solemn equipage, as it drove to his door, with only faint interest; but when the lank driver wrapped the reins about his whip, and awkwardly descended, and stepped into the office, he

indem sie viertausend Dollar bares Geld in die zitternden Hände des Verluderers zahlten.

Und so kam es, daß sich der unrühmliche Letzte der Gorees in seinem unansehnlichen Büro lümmelte, am Ende seiner Weisheit, verschmäht von seinen Kameraden, die er vollgestopft hatte, während Fremde in den Hallen seiner Väter wohnten.

Eine Staubwolke mit etwas, das in ihrer Mitte fuhr, rollte langsam die ausgetrocknete Straße entlang. Ein kleiner Windhauch trug die Wolke zur Seite und ein neuer, grell bemalter Einspänner, von einem trägen grauen Pferd gezogen, wurde sichtbar. Das Fahrzeug bog, als es Gorees Büro näher kam, von der Mitte der Straße ab und hielt am Bordstein unmittelbar vor seiner Tür.

Auf dem Vordersitz hockte ein hagerer großer Mann, der in feines schwarzes Wolltuch gekleidet war und dessen steife Hände in gelbe Glacéhandschuhe gepreßt waren. Auf dem Rücksitz saß eine Dame, die der Junihitze spottete. Ihre füllige Gestalt war mit einem hautengen Seidenkleid, von der Art, die man «changierend» nennt, gepanzert, das eine prächtige Vereinigung wechselnder Farbtöne bot. Sie saß aufrecht, wedelte mit einem reich verzierten Fächer und hielt die Augen starr und fern auf die Straße gerichtet. Wie sehr sich jedoch Martella Garveys Herz an den Genüssen ihres neuen Lebens erfreuen mochte, an ihrem Äußeren hatte der Blackjack ganze Arbeit geleistet. Er hatte ihr Antlitz zu einem Bildnis der Leere und Geistlosigkeit geformt; hatte sie mit der Empfindungslosigkeit seiner Felsen durchtränkt, und der Verschlossenheit seiner schweigenden Tiefen. Sie schien immer, in welcher Umgebung sie sich auch befand, die Rindenschuppen fallen und den Berghang hinabprasseln zu hören. Sie konnte immer das schreckliche Schweigen des Blackjack durch die stillste der Nächte klingen hören.

Goree beobachtete nur mit schwacher Anteilnahme, wie diese feierliche Kutsche bei ihm vorfuhr. Doch als der dürre Wagenlenker die Zügel um seine Peitsche wickelte und unbeholfen ausstieg und in sein Büro trat, erhob er sich wan-

rose unsteadily to receive him, recognizing Pike Garvey, the new, the transformed, the recently civilized.

The mountaineer took the chair Goree offered him. They who cast doubts upon Garvey's soundness of mind had a strong witness in the man's countenance. His face was too long, a dull saffron in hue, and immobile as a statue's. Pale-blue, unwinking round eyes without lashes added to the singularity of his gruesome visage. Goree was at a loss to account for the visit.

"Everything all right at Laurel, Mr. Garvey?" he inquired.

"Everything all right, sir, and mighty pleased is Missis Garvey and me with the property. Missis Garvey likes yo' old place, and she likes the neighbourhood. Society is what she 'lows she wants, and she is gettin' of it. The Rogerses, the Hapgoods, the Pratts, and the Troys hev been to see Missis Garvey, and she hev et meals to most of thar houses. The best folks hev axed her to differ'nt kinds of doin's. I cyan't say, Mr. Goree, that sech things suits me – fur me, give me them thar." Garvey's huge, yellow-gloved hand flourished in the direction of the mountains. "That's whar I b'long, 'mongst the wild honey bees and the b'ars. But that ain't what I come fur to say, Mr. Goree. Thar's somethin' you got what me and Missis Garvey wants to buy."

"Buy!" echoed Goree. "From me?" Then he laughed harshly. "I reckon you are mistaken about that. I reckon you are mistaken about that. I sold out to you, as you yourself expressed it, 'lock, stock and barrel.' There isn't even a ramrod left to sell."

"You've got it; and we 'uns want it. 'Take the money,' says Missis Garvey, 'and buy it fa'r and squar'.'"

Goree shook his head. "The cupboard's bare," he
180 said.

181 "We've riz," pursued the mountaineer, unde-

kend, da er Pike Garvey erkannte, den neuen, den verwandelten, den erst jüngst zivilisierten.

Der Gebirgsmensch setzte sich auf den Stuhl, den ihm Goree anbot. Diejenigen, die Zweifel an Garveys Gesundheit des Geistes hegten, erhielten durch das Antlitz des Mannes kräftige Bestätigung. Sein Gesicht war überlang, dunkelsafrangelb und unbeweglich wie ein Standbild. Blaßblaue, starre, runde Augen ohne Wimpern steigerten die Einmaligkeit seines scheußlichen Angesichts. Goree konnte sich keinen Grund für den Besuch vorstellen.

«Alles in Ordnung in Laurel, Mr Garvey?» erkundigte er sich.

«Alles in Ordnung, Sir, und mächtig zufrieden sind Missis Garvey und ich mit dem Besitz. Missis Garvey mag Ihren alten Wohnsitz und sie mag die Nachbarschaft. Sie glaubt, sie braucht Gesellschaft, und die kriegt sie. Die Rogerses, die Hapgoods, die Pratts und die Troys warn schon Missis Garvey besuchen, und sie war schon in den Häusern der meisten essen. Die feinsten Leute ham sie zu verschiedenen Begebenheiten eingeladen. Könnt nicht sagen, Mr Goree, daß mir so was liegt – ich brauch die dort.»

Garveys riesige, gelb behandschuhte Hand schwenkte in Richtung auf die Berge. «Da gehör ich hin, zu den wilden Honigbienen und den Bären. Aber ich bin nicht gekommen, um das zu sagen, Mr Goree. Sie ham etwas, was ich und Missis Garvey kaufen wolln.»

«Kaufen!» sprach Goree mechanisch nach. «Von mir?» Dann lachte er rauh. «Ich schätze, daß Sie sich darin täuschen, daß Sie sich darin gewaltig täuschen. Ich habe alles zusammen an Sie verkauft, so wie Sie es selbst ausdrückten ‹mit allem Drum und Dran›. Nicht mal ein Ladestock ist zu verkaufen übriggeblieben.»

«Sie ham was und wir wollen's. ‹Nimm das Geld›, sagt Missis Garvey, ‹und kauf's offen und ehrlich›.»

Goree schüttelte den Kopf. «Der Schrank ist leer», sagte er.

«Wir sin mächtig hochgekommen», fuhr der Gebirgs-

flected from his object, "a heap. We was pore as possums, and now we could hev folks to dinner every day. We been reco'nized, Missis Garvey says, by the best society. But there's somethin' we need we ain't got. She says it ought to been put in the 'ventory ov the sale, but it tain't thar. 'Take the money, then,' she says, 'and buy it fa'r and squar'.'"

"Out with it," said Goree, his racked nerves growing impatient.

Garvey threw his slouch hat upon the table, and leaned forward, fixing his unblinking eyes upon Goree's.

"There's a old feud," he said distinctly and slowly, "'tween you 'uns and the Coltranes."

Goree frowned ominously. To speak of his feud to a feudist is a serious breach of the mountain etiquette. The man from "back yan'" knew it as well as the lawyer did.

"Na offense," he went on, "but purely in the way of business. Missis Garvey hev studied all about feuds. Most of the quality folks in the mountains hev 'em. The Settles and the Goforths, the Rankins and the Boyds, the Silers and the Galloways, hev all been cyarin' on feuds f'om twenty to a hundred year. The last man to drap was when yo' uncle, Jedge Paisley Goree, 'journed co't and shot Len Coltrane f'om the bench. Missis Garvey and me, we come f'om the po' white trash. Nobody wouldn't pick a feud with we 'uns, no mo'n with a fam'ly of tree-toads. Quality people everywhar, says Missis Garvey, has feuds. We 'uns ain't quality, but we're buyin' into it as fur as we can. 'Take the money, then,' says Missis Garvey, 'and buy Mr. Goree's feud, fa'r and squar'."

The squirrel hunter straightened a leg half across
the room, drew a roll of bills from his pocket, and
182 threw them on the table.

183 "Thar's two hundred dollars, Mr. Goree; what

mensch, nicht von seinem Ziel abweichend, fort. «Wir warn arm wie Beutelratten und jetzt könnten wir jeden Tag Leute zum Essen ham. Wir werden anerkannt von der besten Gesellschaft, sagt Missis Garvey. Doch es gibt was, was wir brauchen und nich gekriegt ham. Sie sagt, es hätte auf die Inventarliste gehört, doch da is es nicht dabei. ‹Nimm das Geld also›, sagt sie, ‹und kauf es offen und ehrlich›.»

«Heraus damit», sagte Goree, dessen gespannte Nerven ihn ungeduldig werden ließen.

Garvey warf seinen Schlapphut auf den Tisch und beugte sich vor, wobei er unverwandt in Gorees Augen starrte.

«Es gibt ne alte Fehde», sagte er langsam und deutlich, «zwischen Ihrer Familie und den Coltranes.»

Goree runzelte unheildrohend die Stirn. Einen Beteiligten an einer Fehde auf diese Fehde anzusprechen, ist ein ernstlicher Verstoß gegen die guten Sitten in den Bergen. Der Mann von «weit dahinten» wußte dies ebenso gut wie der Rechtsanwalt.

«Keine Beleidigung», fuhr er fort, «nur rein auf Geschäftsebene. Missis Garvey hat alles über Fehden rausgebracht. Die meisten vornehmen Familien in den Bergen ham sie. Die Settles und die Goforths, die Rankins und die Boyds, die Silers und die Galloways ham allesamt zwanzig bis hundert Jahr lang Fehden gehabt. Der letzte Mann ging hops, als Ihr Onkel Jedge Paisley Goree aufs Gericht ging und Len Coltrane von der Richterbank schoß. Missis Garvey und ich kommen von den armen weißen Leuten. Kein Mensch nimmt ne Fehde mit uns auf, mit ner Familie von Laubfröschen. Überall, sagt Missis Garvey, ham vornehme Leute Fehden. Wir gehörn nich zu den vornehmen Leuten, aber wir kaufen uns ein, so gut wir können. ‹Nimm das Geld also›, sagt Missis Garvey, ‹und kauf Mr Gorees Fehde, offen und ehrlich›.»

Der Eichhörnchenjäger streckte ein Bein halb durchs Zimmer aus, zog ein zusammengerolltes Geldscheinbündel aus der Hosentasche und warf es auf den Tisch.

«Das sind zweihundert Dollar, Mr Goree, was man einen

you would call a fa'r price for a feud that's been 'lowed to run down like yourn hev. Thar's only you left to cyar' on yo' side of it, and you'd make mighty po' killin'. I'll take it off yo' hands, and it'll set me and Missis Garvey up among the quality. Thar's the money."

The little roll of currency on the table slowly untwisted itself, writhing and jumping as its folds relaxed. In the silence that followed Garvey's last speech the rattling of the poker chips in the court-house could be plainly heard. Goree knew that the sheriff had just won a pot, for the subdued whoop with which he always greeted a victory floated across the square upon the crinkly heat waves. Beads of moisture stood on Goree's brow. Stooping, he drew the wicker-covered demijohn from under the table, and filled a tumbler from it.

"A little corn liquor, Mr. Garvey? Of course you are joking about – what you spoke of? Opens quite a new market, doesn't it? Feuds, prime, two-fifty to three. Feuds, slightly damaged – two hundred, I believe you said, Mr. Garvey?"

Goree laughed self-consciously.

The mountaineer took the glass Goree handed him, and drank the whisky without a tremor of the lids of his staring eyes. The lawyer applauded the feat by a look of envious admiration. He poured his own drink, and took it like a drunkard, by gulps, and with shudders at the smell and taste.

"Two hundred," repeated Garvey. "Thar's the money."

A sudden passion flared up in Goree's brain. He struck the table with his fist. One of the bills flipped over and touched his hand. He flinched as if something had stung him.

"Do you come to me," he shouted, "seriously with such a ridiculous, insulting, darned-fool proposition?"

anständigen Preis für ne Fehde nennen kann, die man so hat runterkommen lassen wie Sie Ihre. Auf Ihrer Seite sind nur Sie noch übrig, der sich drum kümmern kann, und Sie würden ne mächtig armselige Beute machen. Ich übernehm die Fehde von Ihnen; sie wird mich und Missis Garvey raufheben zu den feinen Leuten. Da isses, das Geld.»

Die kleine Rolle mit den Geldscheinen auf dem Tisch öffnete sich langsam, bog sich und sprang auf, als sich die Spannung löste. In der Stille, die Garveys letzter Rede folgte, war das Klicken der Spielmarken beim Pokern im Gerichtsgebäude deutlich zu hören.

Goree wußte, daß der Sheriff gerade einen Pott gewonnen hatte, denn der unterdrückte Ruf, mit dem er immer einen Sieg begrüßte, driftete auf den wabernden Hitzewellen über den Platz. Schweißperlen standen auf Gorees Stirn. Er bückte sich, zog die Korbflasche unter dem Tisch hervor und füllte daraus ein Glas.

«Einen kleinen Maisschnaps, Mr Garvey? Natürlich machen Sie Spaß mit dem, was sie da sagten. Öffnet einen ganz neuen Markt, nicht wahr? Erstklassige Fehden, zweihundertfünfzig bis dreihundert. Fehden, leicht beschädigt – zweihundert, so glaube ich, sagten Sie, Mr Garvey?»

Goree lachte selbstbewußt.

Der Gebirgsmensch nahm das Glas, das ihm Goree bot und goß den Whisky hinunter ohne ein Wimpernzucken seiner starren Augen. Der Anwalt spendete dem Meisterstück mit einem Blick neidischer Bewunderung Beifall. Er schüttete sich sein eigenes Glas rein wie ein Trinker, würgend und mit Schaudern über den Geruch und Geschmack.

«Zweihundert», sagte Garvey noch einmal. «Da isses, das Geld.»

Plötzliche Wut brauste in Gorees Kopf auf. Er schlug mit der Faust auf den Tisch. Eine Banknote schnellte herüber und berührte seine Hand. Er zuckte zusammen, als ob ihn etwas gestochen hätte.

«Kommen Sie allen Ernstes zu mir», schrie er, «um mir einen solch lächerlichen, beleidigenden, verdammt schwachsinnigen Vorschlag zu machen?»

"It's fa'r and squar'," said the squirrel hunter, but he reached out his hands as if to take back the money; and then Goree knew that his own flurry of rage had not been from pride or resentment, but from anger at himself, knowing that he would set foot in the deeper depths that were being opened to him. He turned in an instant from an outraged gentleman to an anxious chafferer recommending his goods.

"Don't be in a hurry, Garvey," he said, his face crimson and his speech thick. "I accept your p-p-proposition, though it's dirt cheap at two hundred. A t-trade's all right when both p-purchaser and b-buyer are s-satisfied. Shall I w-wrap it up for you, Mr. Garvey?"

Garvey rose, and shook out his broadcloth. "Missis Garvey will be pleased. You air out of it, and it stands Coltrane and Garvey. Just a scrap ov writin', Mr. Goree, you bein' a lawyer, to show we traded."

Goree seized a sheet of paper and a pen. The money was clutched in his moist hand. Everything else suddenly seemed to grow trivial and light.

"Bill of sale, by all means. 'Right, title, and interest in and to' . . . 'forever warrant and –' No, Garvey, we'll have to leave out that 'defend'," said Goree with a loud laugh. "You'll have to defend this title yourself."

The mountaineer received the amazing screed that the lawyer handed him, folded it with immense labour, and placed it carefully in his pocket.

Goree was standing near the window. "Step here," he said, raising his finger, "and I'll show you your recently purchased enemy. There he goes, down the other side of the street."

The mountaineer crooked his long frame to look through the window in the direction indicated by
186 the other. Colonel Abner Coltrane, an erect, portly
187 gentleman of about fifty, wearing the inevitable

«Es is offen und ehrlich», sagte der Eichhörnchenjäger, doch streckte er die Hand aus, so als wollte er das Geld zurücknehmen; und da wußte Goree, daß sein eigener Zornausbruch nicht aus Stolz oder Groll geschehen war, sondern aus Ärger über sich selbst, da er spürte, daß er in die tieferen Abgründe, die ihm soeben aufgetan wurden, hinabsteigen würde. Er verwandelte sich in einem Augenblick von einem grob verletzten Gentleman in einen bemühten Schacherer, der seine Waren anbietet.

«Nicht so eilig, Garvey», sagte er mit hochrotem Gesicht und schwerer Zunge. «Ich n-nehme Ihr Angebot an, obwohl es für z-zweihundert sp-pottbillig ist. Ein Handel ist in Ordnung, wenn b-beide, Verkäufer und Käufer zuf-frieden sind. Soll ich es Ihnen schriftlich geben, Mr Garvey?»

Garvey stand auf und klopfte seinen Tuchanzug glatt. «Missis Garvey wird erfreut sein. Sie sind außen vor, und es steht Coltrane gegen Garvey. Sie sind ja Anwalt, Mr Goree – nur ein Fetzen Geschriebenes, der zeigt, daß wir'n Handel gemacht ham.»

Goree griff nach Papier und Federhalter. Das Geld war von seiner feuchten Hand umklammert. Alles andere schien plötzlich unbedeutend und klein zu werden.

«Eine Verkaufsurkunde, die alles umfaßt. ‹Rechte, Titel und Nachfolgerechte an und für . . . für alle Zeit verbürgt und . . .› Nein, Garvey, wir werden ‹geschützt› auslassen müssen», sagte Goree laut lachend. «Den Titel müssen Sie selber schützen.»

Der Gebirgsmensch nahm das erstaunliche Schreiben entgegen, das ihm der Anwalt reichte, faltete es unter ungeheurer Mühe zusammen und steckte es sorgfältig in die Tasche.

Goree stand nah beim Fenster. «Kommen Sie her», sagte er und hob den Finger, «ich werde Ihnen Ihren soeben erworbenen Feind zeigen. Dort geht er, unten auf der anderen Seite der Straße.»

Der Gebirgsmensch krümmte seine lange Gestalt, um durch das Fenster in die Richtung zu blicken, die ihm der andere wies. Colonel Abner Coltrane, ein aufrechter, würdiger Herr um die Fünfzig, der den unvermeidlichen langen,

long, doublebreasted frock coat of the Southern lawmaker, and an old high silk hat, was passing on the opposite sidewalk. As Garvey looked, Goree glanced at his face. If there be such a thing as a yellow wolf, here was its counterpart. Garvey snarled as his unhuman eyes followed the moving figure, disclosing long, amber-coloured fangs.

"Is that him? Why, that's the man who sent me to the pen'tentiary once!"

"He used to be district attorney," said Goree carelessly. "And, by the way, he's a first-class shot."

"I kin hit a squirrel's eye at a hundred yard," said Garvey. "So that thar's Coltrane! I made a better trade than I was thinkin'. I'll take keer ov this feud, Mr. Goree, better'n you ever did!"

He moved toward the door, but lingered there, betraying a slight perplexity.

"Anything else to-day?" inquired Goree with frothy sarcasm. "Any family traditions, ancestral ghosts, or skeletons in the closet? Prices as low as the lowest."

"Thar was another thing," replied the unmoved squirrel hunter, "that Missis Garvey was thinkin' of. 'Tain't so much in my line as t'other, but she wanted partic'lar that I should inquire, and ef you was willin', 'pay fur it,' she says, 'fa'r and squar'. Thar's a buryin' groun', as you know, Mr. Goree, in the yard of yo' old place, under the cedars. Them that lies thar is yo' folks what was killed by the Coltranes. The monyments has the names on 'em. Missis Garvey says a fam'ly buryin' groun' is a sho' sign of quality. She says ef we git the feud, thar's somethin' else ought to go with it. The names on them monyments is 'Goree', but they can be changed to ourn by –"

"Go! Go!" screamed Goree, his face turning pur-
188 ple. He stretched out both hands toward the moun-
189 taineer, his fingers hooked and shaking. "Go, you

zweireihigen Gehrock eines Gesetzgebers aus dem Süden und einen alten Zylinder trug, ging auf dem gegenüberliegenden Gehweg vorbei. Als Garvey schaute, blickte Goree in sein Gesicht. Wenn es so etwas wie einen gelben Wolf gab, so war hier das Gegenstück. Garvey knurrte, als seine unmenschlichen Augen der vorbeigehenden Gestalt folgten, wobei sich seine langen bernsteinfarbenen Eckzähne zeigten.

«Isser das? Das is ja der, der mich mal ins Kittchen gebracht hat.»

«Er war früher Bezirksstaatsanwalt», sagte Goree unbedacht. «Und nebenbei, er ist ein erstklassiger Schütze.»

«Ich kann das Auge eines Eichhörchens auf hundert Meter treffen», sagte Garvey. «Das also is der Coltrane! Ich hab ein besseres Geschäft gemacht, als ich dachte. Ich werde mich um diese Fehde kümmern, Mr Goree, gründlicher als Sie es je gemacht ham.»

Er ging auf die Tür zu, verweilte jedoch dort und verriet leichte Verlegenheit.

«Sonst noch was heute?» erkundigte sich Goree mit seichtem Spott. «Irgendwelche Familientraditionen, ererbte Geister oder Skelette im Schrank? Zu allerniedrigsten Preisen.»

«Da is noch ne andere Sache», erwiderte der ungerührte Eichhörnchenjäger, «an die Missis Garvey gedacht hat. Es is nich so sehr nach meinem Geschmack wie das andere, doch sie wollte unbedingt, daß ich nachfrage, und wenn Sie bereit wärn – ‹zahl dafür,› sagt sie, ‹offen und ehrlich.› Wie Sie wissen, Mr Goree, gibts ne Grabstätte auf dem Grundstück von Ihrem alten Haus, unter den Zedern. Die dort liegen, sind Ihre Leute, die von den Coltranes umgebracht worden sind. Auf den Grabsteinen sind ihre Namen. Missis Garvey sagt, eine Familiengrabstätte is ein äußeres Zeichen von Vornehmheit. Sie sagt, wenn wir die Fehde kriegen, dann sollte noch was anderes dabei sein. Die Namen auf den Grabsteinen lauten Goree, doch man kann sie leicht umändern in ...»

«Raus! Raus!» schrie Goree und sein Gesicht wurde purpurrot. Er hob seine Hände mit gekrümmten und zitternden Fingern gegen den Gebirgsmenschen. «Gehen Sie, Sie

ghoul! Even a Ch-Chinaman protects the g-graves of his ancestors – go!"

The squirrel hunter slouched out of the door to his carryall. While he was climbing over the wheel Goree was collecting, with feverish celerity, the money that had fallen from his hand to the floor. As the vehicle slowly turned about, the sheep, with a coat of newly grown wool, was hurrying, in indecent hast, along the path to the court-house.

At three o'clock in the morning they brought him back to his office, shorn and unconscious. The sheriff, the sportive deputy, the county clerk, and the gay attorney carried him, the chalk-faced man "from the valley" acting as escort.

"On the table," said one of them, and they deposited him there among the litter of his unprofitable books and papers.

"Yance thinks a lot of a pair of deuces when he's liquored up," sighed the sheriff reflectively.

"Too much," said the gay attorney. "A man has no business to play poker who drinks as much as he does. I wonder how much he dropped to-night."

"Close to two hundred. What I wonder is whar he got it. Yance ain't had a cent fur over a month, I know."

"Struck a client, maybe. Well, let's get home before daylight. He'll be all right when he wakes up, except for a sort of beehive about the cranium."

The gang slipped away through the early morning twilight. The next eye to gaze upon the miserable Goree was the orb of day. He peered through the uncurtained window, first deluging the sleeper in a flood of faint gold, but soon pouring upon the mottled red of his flesh a searching, white, summer heat. Goree stirred, half unconsciously, among the
190 table's débris, and turned his face from the window.
191 His movement dislodged a heavy law book, which

Leichenschänder! Sogar ein Chinese schützt die Gräber seiner Vorfahren – raus hier!»

Der Eichhörnchenjäger ging gebeugt durch die Tür zu seiner Kutsche. Während er übers Rad hochkletterte, sammelte Goree in fieberhafter Eile das Geld ein, das ihm aus der Hand auf den Boden gefallen war. Als das Gefährt langsam wendete, eilte das Schaf, dem ein neues Wollkleid gewachsen war, in unschicklicher Hast den Pfad zum Gerichtsgebäude hinunter.

Um drei Uhr morgens brachten sie ihn zurück in sein Büro, geschoren und bewußtlos. Der Sheriff, der kurzweilige Abgeordnete, der Bezirksschreiber, der lustige Rechtsanwalt trugen ihn, während der kreidebleiche Mann aus dem Tal das Geleit gab.

«Auf den Tisch», sagte einer von ihnen, und sie legten ihn dort in der Unordnung seiner uneinträglichen Bücher und Papiere ab.

«Yance hält ne Menge von zwei Zweiern, wenn er besoffen ist», seufzte der Sheriff nachdenklich.

«Zu viel», sagte der lustige Rechtsanwalt. «Ein Mann, der so viel wie er trinkt, hat keine Berechtigung, Poker zu spielen. Wieviel er wohl heute Nacht gelammt hat.»

«An die zweihundert. Ich frage mich nur, woher er es hatte. Ich weiß, daß Yance seit einem Monat keinen Cent mehr besaß.»

«Vielleicht einen Klienten angehauen. Nun, wir wollen vor Tagesanbruch zu Hause sein. Er wird wohl zurechtkommen, wenn er aufwacht, abgesehen von so einer Art Bienenstock in seinem Schädel.»

Die «Bande» machte sich durch das frühe Morgenlicht davon. Das nächste Auge, das auf den kläglichen Goree blickte, war die Sonne. Sie spähte durch das unverhangene Fenster und tauchte den Schläfer erst in eine Flut schwachen Goldes, bald jedoch goß sie über das gefleckte Rot seiner Haut die durchdringende weiße Sommerhitze. Goree bewegte sich halb unbewußt in dem Durcheinander auf seinem Schreibtisch und wandte das Gesicht vom Fenster ab. Seine Bewegung brachte ein schweres Gesetzbuch aus seiner Lage, und

crashed upon the floor. Opening his eyes, he saw, bending over him, a man in a black frock coat. Looking higher, he discovered a well-worn silk hat, and beneath it the kindly, smooth face of Colonel Abner Coltrane.

A little uncertain of the outcome, the colonel waited for the other to make some sign of recognition. Not in twenty years had male members of these two families faced each other in peace. Goree's eyelids puckered as he strained his blurred sight toward this visitor, and then he smiled serenely.

"Have you brought Stella and Lucy over to play?" he said calmly.

"Do you know me, Yancey?" asked Coltrane.

"Of course I do. You brought me a whip with a whistle in the end."

So he had – twenty-four years ago; when Yancey's father was his best friend.

Goree's eyes wandered about the room. The colonel understood. "Lie still, and I'll bring you some," said he. There was a pump in the yard at the rear, and Goree closed his eyes, listening with rapture to the click of its handle, and the bubbling of the falling stream. Coltrane brought a pitcher of the cool water, and held it for him to drink. Presently Goree sat up – a most forlorn object, his summer suit of flax soiled and crumpled, his discreditable head tousled and unsteady. He tried to wave one of his hands toward the colonel.

"Ex-excuse – everything, will you?" he said. "I must have drunk too much whiskey last night, and gone to bed on the table." His brows knitted into a puzzled frown.

"Out with the boys a while?" asked Coltrane kindly.

"No, I went nowhere. I haven't had a dollar to spend in the last two months. Struck the demijohn too often. I reckon, as usual."

es krachte auf den Boden. Er öffnete die Augen und sah über sich gebeugt einen Mann in einem schwarzen Gehrock. Höher blickend entdeckte er einen viel getragenen Zylinder und darunter das freundliche, glatt rasierte Gesicht von Colonel Abner Coltrane.

Ein wenig ungewiß, was nun geschehen werde, wartete der Oberst, daß der andere ein Zeichen des Erkennens gäbe. Seit zwanzig Jahren waren sich männliche Mitglieder dieser beiden Familien nicht mehr friedlich gegenüber getreten. Gorees Lider fälteten sich, als er seine trüben Augen krampfhaft auf diesen Besucher richtete, und dann lächelte er friedlich.

«Hast du Stella und Lucy zum Spielen mitgebracht?» fragte er ruhig.

«Kennst du mich, Yancey?» fragte Coltrane.

«Natürlich. Du hast mir mal eine Peitsche mit einer Pfeife dran mitgebracht.»

Das hatte er – vor vierundzwanzig Jahren, als Yanceys Vater sein bester Freund war.

Gorees Augen wanderten durchs Zimmer. Der Colonel verstand. «Bleib liegen. Ich bringe es dir», sagte er. Es gab eine Pumpe im Hinterhof, und Goree schloß die Augen und lauschte verzückt dem Knarzen ihres Schwengels und dem Sprudeln des fallenden Strahls. Coltrane brachte einen Krug voll kühlen Wassers, den er ihm zum Trinken hinhielt. Bald darauf setzte sich Goree auf – ein höchst elendes Wesen in seinem beschmutzten und verknitterten Sommeranzug aus Leinen, den schimpflichen Kopf zerzaust und schwankend. Er versuchte, eine Handbewegung in Richtung auf den Oberst zu machen.

«Tschuldigen Sie – das alles, ja?» sagte er. «Ich muß letzte Nacht zu viel Whisky getrunken haben und auf dem Tisch zu Bett gegangen sein.» Seine Stirn zog sich zu einem verlegenen Gerunzel zusammen.

«Mit den Jungens ein bißchen ausgewesen?» fragte Coltrane freundlich.

«Nein, bin nirgends wohin gegangen. In den letzten zwei Monaten keinen Dollar zum Ausgeben gehabt. Zu oft nach der Korbflasche gelangt, schätze ich, wie üblich.»

Colonel Coltrane touched him on the shoulder.

"A little while ago, Yancey," he began, "you asked me if I had brought Stella and Lucy over to play. You weren't quite awake then, and must have been dreaming you were a boy again. You are awake now, and I want you to listen to me. I have come from Stella and Lucy to their old playmate, and to my old friend's son. They know that I am going to bring you home with me, and you will find them as ready with a welcome as they were in the old days. I want you to come to my house and stay until you are yourself again, and as much longer as you will. We heard of your being down in the world, and in the midst of temptation, and we agreed that you should come over and play at our house once more. Will you come, my boy? Will you drop our old family trouble and come with me?"

"Trouble!" said Goree, opening his eyes wide. "There was never any trouble between us that I know of. I'm sure we've always been the best friends. But, good Lord, Colonel, how could I go to your home as I am – a drunken wretch, a miserable, degraded spendthrift and gambler –"

He lurched from the table into his armchair, and began to weep maudlin tears, mingled with genuine drops of remorse and shame. Coltrane talked to him persistently and reasonably, reminding him of the simple mountain pleasures of which he had once been so fond, and insisting upon the genuineness of the invitation.

Finally he landed Goree by telling him he was counting upon his help in the engineering and transportation of a large amount of felled timber from a high mountainside to a waterway. He knew that Goree had once invented a device for this purpose – a series of slides and chutes – upon which he had justly prided himself. In an instant the poor fellow, delighted at the idea of his being of use to

Colonel Coltrane faßte ihn an der Schulter.

«Vorhin, Yancey», begann er, «fragtest du mich, ob ich Stella und Lucy zum Spielen mitgebracht hätte. Du warst da noch nicht ganz wach und mußt geträumt haben, wieder ein Junge zu sein. Jetzt bist du wach, und ich möchte, daß du mir zuhörst. Ich bin von Stella und Lucy zu ihrem alten Spielkameraden und zum Sohn meines alten Freundes gekommen. Sie wissen, daß ich dich mit mir nach Hause nehmen werde, und du wirst sie so bereitwillig sehen, dich willkommen zu heißen wie in den alten Zeiten. Ich möchte, daß du in mein Haus kommst und da bleibst, bis du wieder du selbst bist und noch viel länger, ganz nach deinem Belieben. Wir hörten, daß du in schlechten Verhältnissen und inmitten der Versuchung lebst, und wir wurden uns einig, daß du zu uns kommen und wieder in unserem Haus spielen solltest. Willst du mit mir kommen, mein Junge? Willst du unseren alten Familienstreit beiseite legen und mit mir kommen?»

«Streit!» sagte Goree mit großen Augen. «So weit ich weiß, gab es nie irgendeinen Streit zwischen uns. Ich bin überzeugt, daß wir immer die besten Freunde waren. Doch, lieber Gott, Colonel, wie könnte ich mich zu Ihnen begeben, so wie ich bin – ein versoffener Lump, ein elender entehrter Verluderer und Spieler...»

Er torkelte vom Tisch in seinen Sessel und begann gefühlsduselige Tränen vermischt mit echten Tropfen aus Reue und Scham zu vergießen. Coltrane sprach beharrlich und überlegt auf ihn ein, erinnerte ihn an die schlichten Bergsteiger-Freuden bei denen es einst so glücklich gewesen war, und betonte die Aufrichtigkeit der Einladung.

Schließlich konnte er Goree packen, indem er ihm erzählte, daß er bei der technischen Vorbereitung zur Beförderung einer großen Menge gefällter Bäume von einem hohen Berghang zu einem Wasserweg auf seine Hilfe rechnete. Er wußte, daß Goree einst eine Anlage für diesen Zweck erfunden hatte – eine Folge von Gleitbahnen und Wasserrutschen – auf die er mit Recht stolz gewesen war. Im Nu hatte der arme Kerl, erfreut über die Vorstellung, für irgend jemand von Nutzen zu

any one, had paper spread upon the table, and was drawing rapid but pitifully shaky lines in demonstration of what he could and would do.

The man was sickened of the husks; his prodigal heart was turning again toward the mountains. His mind was yet strangely clogged, and his thoughts and memories were returning to his brain one by one, like carrier pigeons over a stormy sea. But Coltrane was satisfied with the progress he had made.

Bethel received the surprise of its existence that afternoon when a Coltrane and a Goree rode amicably together through the town. Side by side they rode, out from the dusty streets and gaping townspeople, down across the creek bridge, and up toward the mountain. The prodigal had brushed and washed and combed himself to a more decent figure, but he was unsteady in the saddle, and he seemed to be deep in the contemplation of some vexing problem. Coltrane left him in his mood, relying upon the influence of changed surroundings to restore his equilibrium.

Once Goree was seized with a shaking fit, and almost came to a collapse. He had to dismount and rest at the side of the road. The colonel, foreseeing such a condition, had provided a small flask of whiskey for the journey but when it was offered to him Goree refused it almost with violence, declaring he would never touch it again. By and by he was recovered, and went quietly enough for a mile or two. Then he pulled up his horse suddenly, and said:

"I lost two hundred dollars last night, playing poker. Now, where did I get that money?"

"Take it easy, Yancey. The mountain air will soon clear it up. We'll go fishing, first thing, at the Pinnacle Falls. The trout are jumping there like bullfrogs. We'll take Stella and Lucy along, and have a picnic on Eagle Rock. Have you forgotten

sein, Papier auf dem Tisch ausgebreitet und zog rasche, doch erbärmlich zittrige Linien, um darzulegen, was er tun könnte und würde.

Der Mann war krank vom vielen Schnaps; sein verlorenes Herz wandte sich wieder den Bergen zu. Sein Verstand stockte noch seltsam, und die Gedanken und Erinnerungen kehrten erst nach und nach in sein Gehirn zurück, wie Brieftauben über ein stürmisches Meer. Doch Coltrane war mit dem Fortschritt, den er erzielt hatte, zufrieden.

Bethel erlebte an jenem Nachmittag die Überraschung seit seinem Bestehen, als ein Coltrane und ein Goree freundschaftlich zusammen durch die Stadt ritten. Seite an Seite ritten sie hinweg aus den staubigen Straßen und von den gaffenden Stadtbewohnern, hinunter über die Flußbrücke und aufwärts den Bergen zu. Der Verluderer hatte sich gebürstet, gewaschen und gekämmt und sich dadurch in eine schickliche Gestalt verwandelt, doch er saß unsicher im Sattel und schien tief im Nachsinnen über eine beunruhigende Frage. Coltrane überließ ihn seiner Stimmung und vertraute darauf, daß der Einfluß der veränderten Umgebung sein Gleichgewicht wiederherstellen würde.

Einmal wurde Goree von einem Zitteranfall gepackt und wäre fast zusammengebrochen. Er mußte absteigen und am Straßenrand ausruhen. Der Oberst hatte einen solchen Zustand vorausgeahnt und sich für die Reise eine kleine Flasche Whisky verschafft,

doch Goree lehnte sie fast mit Heftigkeit ab, als sie ihm angeboten wurde und erklärte, er würde nie wieder Schnaps anrühren. Nach und nach erholte er sich und ritt sehr schweigsam ein oder zwei Meilen weit. Dann zog er plötzlich die Zügel an und sagte:

«Ich habe gestern beim Pokerspiel zweihundert Dollar verloren. Woher habe ich bloß dieses Geld gehabt?»

«Mach dir darüber keine Gedanken, Yancey. Die Bergluft wird es bald aufklären. Wir gehen als erstes zu den Pinnacle Falls zum Fischen. Die Lachse springen dort wie die Ochsenfrösche. Wir wollen Stella und Lucy mitnehmen und auf dem Eagle Rock ein Picknick halten. Hast du vergessen, Yancey, wie

how a hickory-cured-ham sandwich tastes, Yancey, to a hungry fisherman?"

Evidently the colonel did not believe the story of his lost wealth; so Goree retired again into brooding silence.

By late afternoon they had travelled ten of the twelve miles between Bethel and Laurel. Half a mile this side of Laurel lay the old Goree place; a mile or two beyond the village lived the Coltranes. The road was now steep and laborious, but the compensations were many. The tilted aisles of the forest were opulent with leaf and bird and bloom. The tonic air put to shame the pharmacopæia. The glades were dark with mossy shade, and bright with shy rivulets winking from the ferns and laurels. On the lower side they viewed, framed in the near foliage, exquisite sketches of the far valley swooning in its opal haze.

Coltrane was pleased to see that his companion was yielding to the spell of the hills and woods. For now they had but to skirt the base of Painter's Cliff; to cross Elder Branch and mount the hill beyond, and Goree would have to face the squandered home of his fathers. Every rock he passed, every tree, every foot of the roadway, was familiar to him. Though he had forgotten the woods, they thrilled him like the music of *"Home, Sweet Home."*

They rounded the cliff, descended into Elder Branch, and paused there to let the horses drink and splash in the swift water. On the right was a rail fence that cornered there, and followed the road and stream. Inclosed by it was the old apple orchard of the home place; the house was yet concealed by the brow of the steep hill. Inside and along the fence, pokeberries, elders, sassafras, and sumac
198 grew high and dense. At a rustle of their branches,
199 both Goree and Coltrane glanced up, and saw a

einem hungrigen Fischer ein Brot mit Hickory-Schinken schmeckt?»

Offensichtlich glaubte der Oberst die Geschichte von seinem verlorenen Reichtum nicht; also verkroch sich Goree wieder in sein brütendes Schweigen.

Am späten Nachmittag hatten sie zehn von den zwölf Meilen zwischen Bethel und Laurel zurückgelegt. Eine halbe Meile diesseits von Laurel lag die alte Heimstatt der Gorees; ein oder zwei Meilen jenseits des Dorfes lebten die Coltranes. Die Strecke war jetzt steil und mühselig, doch das wurde reichlich aufgewogen: Die schattigen Waldwege waren reich an Laub, Vögeln und Blütenflor. Die erfrischende Luft beschämte das amtliche Arzneibuch. Die Lichtungen waren dunkel von moosigen Schatten und hell von versteckten Bächen, die zwischen Farn und Rhododendren hervorblinkten. Auf der abfallenden Seite bot sich ihnen, eingerahmt vom nahen Blätterwerk, ein köstlicher Ausblick auf das ferne Tal, das in opalfarbenem Dunst verschwand.

Coltrane sah erfreut, daß sein Gefährte sich dem Zauber der Berge und Wälder hingab. Denn jetzt mußten sie nur noch den Fuß von Painter's Cliff umrunden, den Elder Branch durchqueren, den jenseitigen Hang erklimmen, und danach würde Goree das verschleuderte Heim seiner Väter erblicken müssen.

Jeder Felsen, an dem er vorbeikam, jeder Baum, jeder Fuß Weges war ihm vertraut. Obwohl er die Wälder vergessen hatte, entzückten sie ihn wie die Musik von «*Home, Sweet Home*».

Sie umrundeten die Felswand, stiegen hinab in den Elder Branch und legten eine Rast ein, um die Pferde trinken und sich in dem rasch dahinfließenden Wasser naßspritzen zu lassen. Zur Rechten war eine Eingitterung, die dort einen Winkel bildete und Straße und Fluß folgte. Sie umgab den alten Apfelbaumgarten des heimatlichen Anwesens; das Wohnhaus selbst wurde noch vom Kamm des steilen Hanges verborgen. Innerhalb und entlang des Zaunes wuchsen hoch und dicht Kermesbeeren, Holunder, Sassafras und Sumach. Beim Rascheln ihrer Zweige blickten beide, Goree

long, yellow, wolfish face above the fence, staring at them with pale, unwinking eyes. The head quickly disappeared; there was a violent swaying of the bushes, and an ungainly figure ran up through the apple orchard in the direction of the house, zigzagging among the trees.

"That's Garvey," said Coltrane; "the man you sold out to. There's no doubt but he's considerably cracked. I had to send him up for moonshining once, several years ago, in spite of the fact that I believed him irresponsible. Why, what's the matter, Yancey?"

Goree was wiping his forehead, and his face had lost its colour. "Do I look queer, too?" he asked, trying to smile. "I'm just remembering a few more things." Some of the alcohol had evaporated from his brain. "I recollect now where I got that two hundred dollars."

"Don't think of it," said Coltrane cheerfully. "Later on we'll figure it all out together."

They rode out of the branch, and when they reached the foot of the hill Goree stopped again.

"Did you ever suspect I was a very vain kind of fellow, Colonel?" he asked. "Sort of foolish proud about appearances?"

The colonel's eyes refused to wander to the soiled, sagging suit of flax and the faded slouch hat.

"It seems to me," he replied, mystified, but humouring him, "I remember a young buck about twenty, with the tightest coat, the sleekest hair, and the prancingest saddle horse in the Blue Ridge."

"Right you are," said Goree eagerly. "An it's in me yet, though it don't show. Oh, I'm as vain as a turkey gobbler, and as proud as Lucifer. I'm going to ask you to indulge this weakness of mine in a little matter."

200 "Speak out, Yancey. We'll create you Duke of
201 Laurel and Baron of Blue Ridge, if you choose; and

und Coltrane, auf und sahen ein langes, gelbes, wölfisches Gesicht über dem Zaun, das sie mit blassen starren Augen ansah. Das Gesicht verschwand rasch; die Büsche schwankten heftig, und eine ungelenke Gestalt lief durch den Obstgarten zwischen den Apfelbäumen im Zickzack zum Haus hinauf.

«Das ist Garvey», sagte Coltrane, «der Mann, dem du alles verkauft hast. Es gibt keinen Zweifel, daß er einigermaßen verrückt ist. Ich mußte ihn einmal vor mehreren Jahren wegen Schwarzbrennens ins Kittchen stecken, obgleich ich ihn für unzurechnungsfähig hielt. Was ist denn los, Yancey?»

Goree wischte sich die Stirn, und sein Gesicht hatte alle Farbe verloren. «Sehe ich auch verrückt aus?» fragte er und versuchte zu lächeln. «Ich erinnere mich gerade noch an ein paar Dinge mehr.» Etwas von dem Alkohol war aus seinem Gehirn verschwunden. «Ich entsinne mich jetzt, woher ich diese zweihundert Dollar hatte.»

«Denk' nicht daran», sagte Coltrane gutgelaunt. «Wir werden später alles gemeinsam aufklären.»

Sie ritten aus dem Bach heraus, und als sie den Fuß des Hanges erreichten, hielt Goree wieder an.

«Haben Sie jemals für möglich gehalten, daß ich ein ziemlich eitler Bursche bin?» fragte er. «So was wie lächerlich eingebildet auf das Äußere?»

Die Augen des Oberst weigerten sich, über den verschmutzten, ausgebeulten Leinenanzug und den verschossenen Schlapphut zu wandern.

«Mir scheint», erwiderte er verwirrt, doch nett darauf eingehend, «ich erinnere mich an einen jungen Stutzer von zwanzig Jahren mit dem engsten Jackett, dem glattesten Haar und dem rassigsten Pferd in den Blue Ridge.»

«Recht haben Sie», sagte Goree eifrig. «Und es steckt immer noch in mir, wenn man es mir auch nicht ansieht. Oh, ich bin eitel wie ein Truthahn und eingebildet wie Luzifer. Ich möchte Sie bitten, dieser Schwäche in einer kleinen Angelegenheit nachzugeben.»

«Heraus damit, Yancey. Wenn du willst, werden wir dich zum Grafen von Laurel und Baron von den Blue Ridge er-

you shall have a feather out of Stella's peacock's tail to wear in your hat."

"I'm in earnest. In a few minutes we'll pass the house up there on the hill where I was born, and where my people have lived for nearly a century. Strangers live there now – and look at me! I am about to show myself to them ragged and poverty-stricken, a wastrel and a beggar. Colonel Coltrane, I'm ashamed to do it. I want you to let me wear your coat and hat until we are out of sight beyond. I know you think it a foolish pride, but I want to make as good a showing as I can when I pass the old place."

"Now, what does this mean?" said Coltrane to himself, as he compared his companion's sane looks and quiet demeanour with his strange request. But he was already unbuttoning the coat, assenting readily, as if the fancy were in no wise to be considered strange.

The coat and hat fitted Goree well. He buttoned the former about him with a look of satisfaction and dignity. He and Coltrane were nearly the same size – rather tall, portly, and erect. Twenty-five years were between them, but in appearance they might have been brothers. Goree looked older than his age; his face was puffy and lined; the colonel had the smooth, fresh complexion of a temperate liver. He put on Goree's disreputable old flax coat and faded slouch hat.

"Now," said Goree, taking up the reins, "I'm all right. I want you to ride about ten feet in the rear as we go by, Colonel, so that they can get a good look at me. They'll see I'm no back number yet, by any means. I guess I'll show up pretty well to them once more, anyhow. Let's ride on."

He set out up the hill at a smart trot, the colonel
202 following, as he had been requested.
203 Goree sat straight in the saddle, with head erect,

nennen; und du sollst eine Feder aus dem Schwanz von Stellas Pfau haben, um sie dir an den Hut zu stecken.»

«Ich meine es ernst. In ein paar Minuten werden wir an dem Haus oben auf dem Hügel vorbeikommen, wo ich geboren wurde, und wo meine Familie fast ein Jahrhundert lang gelebt hat. Fremde wohnen jetzt dort – und schauen mich an! Ich bin auf dem Weg, mich ihnen zerlumpt und verarmt zu zeigen, ein Tunichtgut und Bettler. Colonel Coltrane, ich schäme mich, das zu tun. Ich möchte, daß Sie mich ihre Jacke und ihren Hut tragen lassen, bis wir da vorbei und außer Sicht sind. Ich weiß, daß Sie dies für einen törichten Stolz halten, doch ich möchte einen möglichst guten Eindruck machen, wenn ich an dem alten Wohnsitz vorbeikomme.»

«Was soll das wohl jetzt bedeuten?» fragte sich Coltrane, als er den vernünftigen Blick und das ruhige Verhalten seines Gefährten mit dessen merkwürdiger Bitte verglich. Doch er knöpfte schon seine Jacke auf und stimmte bereitwillig zu, als ob der Einfall in keiner Weise als merkwürdig zu betrachten sei.

Hut und Jacke paßten Goree vorzüglich. Er knöpfte die Jacke mit einem Ausdruck der Befriedigung und der Würde zu. Er und Coltrane waren von fast gleicher Gestalt – ziemlich groß, stattlich und aufrecht. Fünfundzwanzig Jahre lagen zwischen ihnen, doch der Erscheinung nach hätten sie Brüder sein können. Goree sah älter aus als er war; sein Gesicht war aufgedunsen und zerfurcht. Der Oberst hatte die glatte frische Gesichtshaut eines maßvoll lebenden Menschen. Er zog Gorees schäbige alte Leinenjacke an und setzte den verschossenen Schlapphut auf.

«So, jetzt ist mir wohl», sagte Goree und nahm die Zügel. «Ich hätte gern, daß Sie drei Meter hinter mir her reiten, wenn wir da vorbeikommen, Colonel, damit die mich gründlich anschauen können. Die sollen sehen, daß ich jedenfalls noch nicht ganz erledigt bin. Ich schätze, daß ich es ihnen immerhin noch einmal ganz schön zeige. Reiten wir los.»

Er setzte in einem forschen Trab den Hügel hinauf, und der Oberst folgte ihm, wie er gebeten worden war.

Goree saß aufrecht im Sattel, mit erhobenem Kopf, doch

but his eyes were turned to the right, sharply scanning every shrub and fence and hiding-place in the old homestead yard. Once he muttered to himself, "Will the crazy fool try it, or did I dream half of it?"

It was when he came opposite the little family burying ground that he saw what he had been looking for – a puff of white smoke, coming from the thick cedars in one corner. He toppled so slowly to the left that Coltrane had time to urge his horse to that side, and catch him with one arm.

The squirrel hunter had not overpraised his aim. He had sent the bullet where he intended, and where Goree had expected that it would pass – through the breast of Colonel Abner Coltrane's black frock coat.

Goree leaned heavily against Coltrane, but he did not fall. The horses kept pace, side by side, and the Colonel's arm kept him steady. The little white houses of Laurel shone through the trees, half a mile away. Goree reached out one hand and groped until it rested upon Coltrane's fingers, which held his bridle.

"Good friend," he said, and that was all.

Thus did Yancey Goree, as he rode past his old home, make, considering all things, the best showing that was in his power.

seine Augen waren nach rechts gewandt und prüften scharf jeden Strauch, jede Einfriedung und jedes Versteck auf dem alten heimatlichen Gehöft. Einmal murmelte er in sich hinein: «Wird der verrückte Narr es versuchen, oder habe ich das halb geträumt?»

Als er gegenüber der kleinen Familiengrabstätte ankam, sah er, wonach er Ausschau gehalten hatte – ein weißes Rauchwölkchen, das zwischen den dicken Zedern in einer Ecke aufkräuselte. Er kippte so langsam nach links, daß Coltrane Zeit genug hatte, sein Pferd auf diese Seite zu treiben und ihn mit einem Arm aufzufangen.

Der Eichhörnchenjäger hatte seine Zielsicherheit nicht übertrieben. Er hatte seine Kugel dorthin gesandt, wohin er es vorgehabt und wo Goree ihr Eindringen erwartet hatte: durch die Brust von Colonel Abner Coltranes schwarzem Gehrock.

Goree lehnte schwer gegen Coltrane, doch er stürzte nicht. Die Pferde hielten Seite an Seite Schritt, und der Arm des Colonels umfaßte ihn. Die kleinen weißen Häuser von Laurel leuchteten eine halbe Meile entfernt zwischen den Bäumen hervor. Goree streckte eine Hand aus und tastete herum, bis sie auf Coltranes Fingern ruhte, die seine Zügel hielten.

«Guter Freund», sagte er, und das war alles.

Auf diese Weise machte Yancey Goree, als er an seinem alten Zuhause vorbeiritt, wenn man alles bedenkt, den besten Eindruck, den er machen konnte.

O. Henry (Pseudonym für William Sidney Porter) wurde am 11. September 1862 als Sohn eines Arztes in North Carolina geboren. Mit fünfzehn Jahren ging er seiner schwachen Gesundheit wegen nach Texas, wo er seinen Lebensunterhalt als Ranch-Arbeiter, Buchhalter und Bankkassierer verdiente, also ein sehr bescheidenes Kleinbürgerdasein fristete. Im Jahre 1895 sollte er wegen einer geringfügigen Veruntreuung vor Gericht gestellt werden. Er floh nach Südamerika und führte dort monatelang ein abenteuerliches Vagabundenleben. Auf die Nachricht von der hoffnunglosen Erkrankung seiner Frau kehrte er zurück; er wurde sogleich verhaftet und für einige Jahre ins Gefängnis gesteckt, von 1897 bis 1901. Hier sind seine ersten Erzählungen entstanden.

Nach seiner Freilassung fand er in New York eine neue Heimat. Hier, in seinem geliebten «Bagdad on the Hudson», spielen die allermeisten seiner etwa sechshundert Kurzgeschichten. Im Gewirr der zahllosen Straßen und Plätze der damaligen Vier-Millionen-Stadt fand er die sorgenvollen kleinen Angestellten und die tapferen kleinen Verkäuferinnen, die halbseidenen Typen beiderlei Geschlechts, die frechen Gauner und die mehr oder weniger gutmütigen Polizisten, die komischen Honoratioren und die knallharten Abenteurer, die engelhaft liebenden Frauen und die Armen Teufel von gescheiterten Männern, die er allesamt unsterblich gemacht hat.

Wie Charles Dickens, den er zeitlebens bewunderte, steht auch O. Henry auf der Seite der Armen, Hungrigen, Unterdrückten, Sehnsüchtigen. Doch jedesmal, wenn seine Bilder in trüben und düsteren Farben zu verschwimmen drohen, ist sein versöhnender, oft augenzwinkernder Humor zur Stelle und gibt der Erzählung ihren heiteren Charme zurück. Fast jedesmal.

Auch das Leben dieses geborenen Kurzgeschichten-Erzählers war nur eine ziemlich kurze Geschichte – es währte nur siebenundvierzig Jahre, bis zum 5. Juni 1910. O. Henry be-

schloß es mit einem der ironischen «twists», mit denen er so vielen seiner Geschichten zu einem unerwarteten Schluß verholfen hat. «Don't turn down the light», sagte er kurz vor seinem Sterben, und fuhr dann fort mit dem Refrain eines damals beliebten Liedes: «I'am afraid to go home in the dark».

O. Henry ist nicht der Erfinder der modernen literarischen Form der Short Story, aber er ist gewiß ihr Erster Großmeister. Im Jahre 1918 hat die amerikanische Society of Arts and Sciences den O. Henry Memorial Price gestiftet, der seither für die beste Kurzgeschichte jedes Jahres verliehen wird und zu den begehrtesten Literaturpreisen der Vereinigten Staaten gehört.

Profession profileuse